科学少年三部曲系列科幻小说

北京市科学技术协会科普创作出版资金资助

标准9

STANDARD NINE

郑军 著

金城出版社
GOLD WALL PRESS
·北京·

图书在版编目（CIP）数据

标准 9 / 郑军著 . —北京 : 金城出版社有限公司，2021.12
ISBN 978-7-5155-2157-2

Ⅰ . ①标… Ⅱ . ①郑… Ⅲ . ①幻想小说—中国—当代
Ⅳ . ① I247.5

中国版本图书馆CIP数据核字（2020）第000286号

标准 9

作　　者	郑　军
责任编辑	张礼文
责任校对	丁洪涛
责任印制	李仕杰
开　　本	880 毫米 × 1230 毫米　1/32
印　　张	6.75
字　　数	100 千字
版　　次	2021 年 12 月第 1 版
印　　次	2021 年 12 月第 1 次印刷
印　　刷	天津旭丰源印刷有限公司
书　　号	ISBN 978-7-5155-2157-2
定　　价	36.80 元

出版发行	**金城出版社有限公司** 北京市朝阳区利泽东二路 3 号　100102
发 行 部	(010) 84254364
编 辑 部	(010) 84250838
总 编 室	(010) 64228516
网　　址	http://www.jccb.com.cn
电子邮箱	jinchengchuban@163.com
法律顾问	北京市安理律师事务所 （电话）18911105819

目录

第一章

监 护 人

“所有人都离开计算机，站到一边，协助调查！”

“不许拍照，交出手机，不许对外联系！”

高科技犯罪侦查局行动处处长许清扬拿着扩音器，站在门口大声命令道。

这间大办公室内，分成很多格子间，每个格子间里，都站着或惶恐或紧张的员工。

警察站在各个角落里，注视着员工的一举一动。

在技术处处长韩悦宾带领下，把所有电脑逐一编号、查封，又让机主交出登录密码。

生命科学专项办公室主任史青峰率人直奔基因检测室，

查封里面所有文件、档案和资料。

“我们为国家基因数据库服务，你知道我们工作的重要性和保密级别吗？”基因检测室负责人极力争辩道。他正在工作，一群警察闯进来，强行终止他的工作，让他感到莫名其妙。因为没有董事长授权，任何人不得进入他的办公区。

即便面对警察，他也不愿意离开背后的仪器。

“我们在调查重大公共安全事件，你有义务协助。”致毁知识处处长迟健民出示了检察院签发的搜查令。

突然袭击，不给搜查对象留有转移、销毁证据的时间，这是他们多年办案积累的经验。嫌疑人的电脑都装备自毁功能，只要输入一个指令，就会彻底销毁里面存储的所有电子证据。如果是那样，将来法院就无法对犯罪嫌疑人定罪。

这里是华盛集团自建的办公楼，独门独院，非常清净。它坐落在海淀区，离西山很近，离高科技犯罪侦查局也不远。十几辆警车蜂拥而至，并没有引起路人注意。

江志伟埋藏心中多年的疑问得到证实，宋春霞没有患先天性输卵管阻塞。杨真知道这意味着什么，立刻上报。

李汉云命令史青峰提取宋梓馨的生物样本，送生命科学专项办公室检测。

人类 DNA 中有三十多亿个碱基对。当年 6 个大国合作，花费 13 年时间，第一次完成人类基因测序。如今，高科技犯罪侦查局安装了最新测序设备，高速计算机自动比对样本，能迅速发现变异点。只用了半天，生命科学专项办公室就找到了宋梓馨体内基因合成的证据。

史青峰站在两名助手身后，呆呆地望着屏幕上的测序结果。

“这——第一个？”好半天，一个助手才喃喃自语。

“这天终于来了！”另一个助手激动地感叹。

“我马上汇报，你们继续查找。”史青峰从发现新大陆的激动中冷静下来，转身冲出办公室。

自从对妻子宋春霞产生怀疑，江志伟随时可以提取女儿宋梓馨的生物样本，暗地找人检测，但他又担心自己的怀疑万一属实，会给宋梓馨的心理造成严重影响。他希望即使有那种事，说不定宋春霞哪天会主动告诉他，所以检测是没有必要的。

他在猜疑和犹豫中度过几年，遇到杨真后，才决定把宋梓馨的生物样本送检。他认为，以后随着基因测序技术推广普及，基因检测就像化验肝功那样简单，宋梓馨极有可能自己进行检测，所以这个秘密根本守不住。

不过，那是以后的事情。现在杨真或许能帮助他查证，又能帮他保守秘密。

防止生物科技犯罪，是高科技犯罪侦查局的工作重点。非法基因合成，又是高科技犯罪侦查局防控级别最高的案件。李汉云和梁文博接到史青峰提供的初步报告，意识到问题性质严重。

李汉云立即向上级主管领导汇报，梁文博迅速部署，进行深入调查。各处处长都放下手头工作，只留下外联处处长杜丽霞留守，其他人都赶赴华盛集团总部。

华盛集团创始人、现任董事长孙玉峰在日本进行商务旅行，接到手下人的报告后，立刻乘坐商业伙伴的私人飞机赶回集团总部。

此时，高科技犯罪侦查局已经掌握了华盛集团的核心机密，上百名侦察员正在查找关键证据。

梁文博和史青峰把测序结果放在孙玉峰面前。

“配子形成后，你们修改过她的基因。”史青峰指着报告上的检测结果说，“这处 DNA 断点，这个 HTT 基因，还有这段外源基因，我们总共找到 12 处人为修改或嫁接的痕迹。”

在此之前，学术刊物上发表过编辑人类基因方面的论文，研究对象还只限于没有受精的卵子。但是，生物研究人员都意识到，最后一步早晚会被突破。史青峰只是没想到，这种实验早在 11 年前就已经进行了。

在专业问题上，史青峰非常自信，但从司法角度，他知道还没有任何证据证明，孙玉峰与本案有直接关系。他们突击检查，也是实属无奈，避免嫌疑人销毁犯罪证据。

如果孙玉峰不承认犯罪，他们还有证据证明吗？

孙玉峰不说话，甚至不看测序报告。显然，他知道这一天迟早会到来，但是事已至此，他只能尽量降低自己的损失。他和宋春霞都是国际超人协会会员。宋春霞得知宋梓馨跑到境外，立刻找他商量对策。之后，宋春霞秘密出境，与同为国际超人协会会员的戴里克联系，一起营救宋梓馨。直到她遇难，营救行动才终止。

孙玉峰掌握整个过程，仅仅因为此案与宋梓馨的身世无关，才侥幸地认为他能置身事外，没想到高科技犯罪侦查局还是因为此事找到他。

找法律顾问？让暗中支持自己的大佬出面干预？不，不，孙玉峰知道高科技犯罪侦查局的权限。在防止高科技犯罪方面，没有人敢冒着失去仕途的风险出面保他。

“孙玉峰，你应该知道我们为什么来找你。”梁文博说，“你的公司涉及编辑种系基因犯罪，此案不宜公开调查，但是，所有涉案人，必须无条件配合我们调查。现在你必须交出全部技术资料，让我们了解宋梓馨到底经历了什么。”

如果改变人类受精卵基因，婴儿长大后，一旦拥有生育能力，就会把改变的基因遗传下去。业内人把基因合成的技术叫作“种系编辑”。基因经过种系编辑后，会制造出另一种人，没有人知道那种人出生后，具有什么特殊能力，会对社会造成什么影响。

“宋梓馨怎么办？”孙玉峰问的问题出人意料。

“我们会妥善安置。”梁文博回答。

孙玉峰说："只要你们能善待宋梓馨，我就交出所有资料。另外，这个试验是我和宋春霞做的，没有第三个人参与。请你们不要小题大做，影响我集团其他合法业务。"

宋春霞已死，孙玉峰可以把所有事情揽到自己身上。他知道，如果自己不交代，高科技犯罪侦查局肯定把他的集团翻个遍，把这道不透风的墙戳得千疮百孔。

"你应该知道，45 年前，联合国就已经颁布了第一道重组 DNA 禁令吧？"史青峰问道。

孙玉峰立刻抬起头："我当然知道。我还知道，在一千多年里，各国利益集团为了维护自己的固有利益，颁布了很多限制发明创造的禁令。他们禁止过电力、汽车、浴缸、输血、疫苗、电视和计算机，事实上又怎么样呢？"

梁文博认为，现在不是和孙玉峰讨论科技伦理的时候，他们最重要的工作，是拿到华盛集团的犯罪证据，于是说："孙总，只要你配合，这件事会到你这里为止的。"

杨真没有去华盛集团总部，而是在高科技犯罪侦查局陪伴江志伟和宋梓馨父女。现在父女俩如惊弓之鸟，她不想让他们发生意外。

"老许，绿灯了。"

听到肖雅雯提醒，许彦波才反应过来，松手刹，踩油门，驾车驶过十字路口。

“我开吧。”肖雅雯感觉许彦波总是走神。

许彦波摇摇头。他驾车来到路况良好的路段，才把他刚才的思考讲出来：“咱们那个测验，可能存在很大问题。”

沙阳和郭晓宇归案后，肖雅雯身为高科技犯罪侦查局的技术顾问，间接参与调查，有机会对他们进行科学性向测验。这个测验，不需要他们回答问题，通过走访他们的亲属和老师，肖雅雯便能得到答案。他们的测验分数相当高。特别是郭晓宇，只服过一次类环氧丙嘧啶，基础智商就比正常孩子高出很多。

许彦波认为：“论科学性向，他们绝对不比咱们选中的孩子差。”

这也是肖雅雯的困惑。无论进行哪种心理测验，测验者都要保证中立，避免存在任何偏见。可是，事实真是如此吗？如果只按测验者的喜好选择，今后岂不是要出现冷血天才？

如果沙阳和郭晓宇由他们培养一年，后果会与现在不同吗？

“老许，测验的事以后再研究吧，咱们先把今天的事情办完。”肖雅雯说。

他们驾车来到市郊一个别墅区。那里绿树掩映，翠鸟啼鸣，都市的嘈杂几乎完全被屏蔽。门口一个保安看到他们停下车，便走到车前询问。

“我们去 A 区 12 幢。”许彦波主动提供业主的信息。

保安回到岗楼里，用可视对讲仪与业主核实后，按键抬起禁行杆，同时大声提醒：“沿主路直行到头右转，湖边最大那幢别墅就是。”

许彦波驾车驶入别墅区大门。在后视镜中，他看到两个保安凑到一起，冲他的车指指点点，不由得心想：“难道尚家地位很特殊？”

自从中科院启动“科学种子研学班”计划，并且正式交给他们负责，他们就开始物色学生。除了熟人推荐，他们一般都在网上随机挑选。为此，他们在知乎网上设置一个看似很简单的问题——科学是什么？

问题发布之后，不断有人回答，有人解释，他们也与这些网友互动。从几千条留言中，他们挑选出年龄合适的少年，把科学性向测验变成几十道普通问题，变相考核这些少年。

尚初宇就是这样被他们选中的。她今年 14 岁零 3 个月。通过初试后，他们向她说明他们的计划，并发出入学邀请。尚初宇立刻表示同意。

“科学种子研学班”的学生平均年龄 14 岁。与普通学校招生重大区别是，这种教育模式必须征得学生同意、家长认可。如果他们不接受不配合，这种特殊教育就无从谈起。

他们此次来尚初宇家，就是为了获得她的家长认可。

轿车在别墅区内穿行。肖雅雯越来越觉得不对劲儿。这条路，这些标志牌，这座雕塑，还有中心环岛，都让她觉得似曾相识。

轿车驶到人工湖边，才看到那幢三层别墅。

肖雅雯猛拍额头："天啊，她就是尚磊的女儿！"

许彦波踩刹车，与肖雅雯面面相觑。

尚磊是网讯公司创始人，全球前10名互联网巨头，还曾是中国首富。他有一儿一女，任何媒体上都没有他们的消息。几年前，肖雅雯受邀加入网讯的一个游戏策划团队，偶尔会由高管带她到这里开会。当时由网讯公司的人负责接送，以致她对这里的印象很模糊。

尚初宇在网上描述家庭情况，只说父母都是网络公司的员工。

肖雅雯和许彦波泊好车，站在湖边，望着别墅。尚初宇真是尚磊的女儿？如果尚磊不接受他们的教育理念，就会失去这棵好苗子。如果他接受，尚初宇进入研学班，会不会带来难以想象的麻烦？

尚磊的女儿本身就是各种媒体关注的焦点，他们没有考虑过这个因素。

"老许，我们要不要再考虑一下？"肖雅雯犹豫不定。

许彦波攥了攥拳头："不用考虑。咱们都答应尚初宇了，即便放弃，也应该由尚初宇放弃。"

一分钟后，他们来到尚磊家。见大门紧闭，许彦波拿出手机，拨打尚初宇的手机。尚初宇告诉他，客人只能刷脸开门。

以前肖雅雯来这里开会，还没有安装这种高科技门禁。看来，互联网巨头就是与老百姓不一样。

他们依照尚初宇的交代，把脸放到门禁屏幕前接受扫描后，大门便轻轻地开启。一个女孩站在院子里，虽然她只有14岁，身高却超过170厘米。

“你就是尚初宇吧？你爸爸是不是尚磊？”肖雅雯问。

尚初宇说：“我就是尚初宇。两位老师，很抱歉，我怕说出我爸爸是谁，你们就不来了。”

“你爸爸有那么讨人嫌吗？”肖雅雯走过去，拍了拍尚初宇的肩膀。她们虽然初次见面，但以前在网上交流多次，彼此并不陌生。

尚初宇告诉肖雅雯，她出生时，爸爸高兴地说，她是他的小宇宙，于是就给她起了这么霸气的名字。

以前，这里门庭若市，现在除了两个做家务的菲佣，连一个保安都没有。

“初宇，你父母不在家，你就敢随便放我们进来，如果我们是坏人怎么办？”许彦波问。

“随便？怎么可能随便呢？”尚初宇走进门厅，伸出右手，在空中比画几下后，一道光从头顶照下来，射到右侧墙壁上，显示出许彦波和肖雅雯的身份证。

“你们都是网讯的忠实用户。”尚初宇得意地说，“许老师注册 15 年，肖老师注册 11 年。你们是通过网讯聊天软件认识的，你们第一次是在……”

“咳，咳！”许彦波连连摆手，“打住，我现在承认网讯厉害了。”

尚初宇诡秘一笑，挥挥手，墙上的画面消失了。

许彦波知道，这种姿控软件，是通过身体感应进行控制的。每个人的身体感应都不一样，基本无法模仿。

尚初宇请他们坐到沙发上，菲佣把茶水端上来，用中文向他们致意。看菲佣的谈吐和气质，至少应该是大学本科学历。

“我爸爸掌握着所有人的秘密，也能把我当作秘密藏起来。”尚初宇感叹道，“这就是高科技的神秘力量。”

许彦波问道：“既然如此，你爸爸应该知道咱们在网上交流啊。”

“他肯定知道，但没有问我。”尚初宇神秘兮兮地说，“只要陌生人进入家里，他的手机就会有提示，估计他现在正在回来的路上。”

“阿姨，我失去自由了吗？”

宋梓馨拉着杨真的手，非常用力，指甲抠到杨真的皮肤里，想放松都做不到。

江志伟去取样本，会议室里没有其他人。

“你为什么这样想呢？”杨真抚摸着宋梓馨的后背，想让她放松。

“我的基因和你们不一样，将来会变成怪物的！”宋梓馨眼圈发红。

杨真把她搂到怀里：“梓馨，那是电影，不是现实。你确实遭遇了不寻常的事儿。不过没关系，我们一定能找到原因的。你也想知道你遭遇了什么吧？”说着，她撩起自己鬓角的头发。

宋梓馨看见一道浅疤。

“当年也有人违背我的意志，在我身上做过危险试验。那次，我的大脑里被人植入异物，脱险后我一直害怕自己会突然死亡，至少害怕大脑会留下永久性损伤，会失忆、会变疯。所以，我理解你现在的感受。”

杨真说完，带宋梓馨来到负一层的证据室，找到“极速”专案一栏（注释一），逐个翻看那些物证，给宋梓馨讲述自己当年的遭遇。开始，她还试图用孩子能听懂的语言，后来发现宋梓馨理解能力根本没有障碍，便开始正常表述。

杨真拿出一张侧面照。照片里，她的头发被剃光，颞侧有一圈圆形缝合线，吓得宋梓馨后退半步。

“你瞧，这是我住院时拍的照片。我被人打开头盖骨，在里面乱搅，可怕不？”杨真微笑着问。

“我害怕！”宋梓馨扑到杨真怀里痛哭起来。她再聪明，毕竟是10岁的孩子，没有见过这么恐怖的事情，还需要亲人的呵护和保护。

待宋梓馨止住哭声，杨真把左手伸到她面前。她的中指和食指被削断过，接受过再植手术，留下浅浅疤痕。

“这是你爸爸用手术机器人给我做的手术，那是一次非常成功的人体试验。在我接受手术前，他只在尸体上试验过。我从小敬重科学，不害怕做试验品。那次手术，是我自己的选择，不是被人强迫的。”杨真看看表，“你爸爸那里应该结束了，咱们过去吧。”

“阿姨，爸爸不喜欢我。”宋梓馨挣扎着喊道。

“不会，哪个父亲不喜欢女儿呢？”

江志伟从检测室走出来，看到杨真拉着宋梓馨走过来，跑过去一把把宋梓馨抱起来，轻轻地抚摸着她的后背：“梓馨，从现在起，爸爸永远不会离开你！”

史青峰走过来，招呼杨真去开会。

“志伟，一会儿你陪梓馨做检测，我还有点事儿。”杨真说完，跟着史青峰走进会议室。

两位局长和全体中层干部已经就座，分析这起史无前例的重大违法试验案件。

看到尚家外松内紧、如此先进的安保设施，许彦波皱起眉头，这正是他担心的。10 分钟前，他只是估计尚初宇的爸爸是千万富翁，家里应该有一些安保设施，但没想到会如此先进，于是问尚初宇："你家的安保设施这么先进，你还能参加研学班吗？搞我们那种研学教育，肯定要经常出门的。"

尚初宇不能在陌生人面前透露自己的真实身份，但可以化名上网聊天。一般情况下她都正常，一旦她涉及可能泄露自己真实身份等话题，网络就会立刻中断。

这种事情出现多了，尚初宇自然会向父母抱怨。

尚磊解释说，这是要她学会低调谦虚，不能炫耀。妈妈没有直接解释，而是对她讲，这家的孩子被绑架，那家的孩子被欺骗……总之，生在他们这样的家庭，就是和普通孩子不一样。然后，妈妈又说有失必有得，除了不太自由，其他方面，她是完胜同龄人的。

父母的教育起了作用。尚初宇再上网时就学乖了，知道什么该说，什么不该说。别的孩子，为了赢得别人尊重，经常无中生有地赤裸裸炫富，而她却不得不时刻低调再低调。

三个人正聊着，尚磊、保镖和司机风风火火地走进院子。

尚磊没有让其他人进屋，他走到客厅，在许彦波面前站下，上下打量一番后，兴奋地喊道："天啊，果真是你。来，来，咱们合个影。"

尚磊拉起许彦波，并肩面对一面墙壁。看架势，那面墙某处一定藏着摄像头。

许彦波好奇地问：“我要看哪里？”

“许老师，看那幅画就行。”

他们摆好姿势后，尚磊做出几个调控手势，然后垂手站立。

站在远处的尚初宇，看到尚磊一脸崇拜的表情，悄悄问肖雅雯：“阿姨，我爸爸这是什么情况？他从来没有这样谦卑过。”

“你爸爸见到自己的偶像了呗。”肖雅雯神秘一笑。

“初宇，你先回避一下，我和两位老师谈点事儿。”尚磊示意尚初宇上楼。

尚初宇无奈地离开。

尚磊请许彦波和肖雅雯坐下，然后单刀直入地询问科学种子研学班是怎么回事儿：“我本来准备送她去瑞士罗斯学院高中部就读，如果你们能提供更好的选择，我可以考虑。”

瑞士罗斯学院高中部是全球学费最昂贵、教育资源最优质的私立中学。有的班级只有几个学生，教师甚至可以提供一对一全方位服务。

许彦波用掌上电脑调出科学种子研学班的教学方案，让尚磊看。

就在这时，网讯高管打来电话，说有重要事情汇报。尚磊却命令他一小时后再汇报。

对尚磊来说，女儿的教育是无比重要的，他必须深思熟虑，不能有半点儿马虎。

他快速浏览了严谨而枯燥的教学方案，还不断询问："55% 的时间不能在学校？"

"是的。研学多于教学，这是科学种子研学班的最大特色。"

"学习全部在网上？"

"只有教学在教室里进行。"

这台掌上电脑，市面上基本见不到，是中科院软件所为研学班学生专门研发的电脑，名叫"知识海洋"。网讯有一家分公司也在搞程序教学，尚磊当然知道这种电脑怎么使用。他摆弄几下，说："这种终端，网讯也有，你的研学班不妨试试我的产品，比这个简便多了。"

"你的终端叫网讯课堂，对吗？"为了开发"知识海洋"，许彦波研究过市面上所有同类终端产品。

尚磊点点头。

"说明你对教育还停留在课堂阶段。论教育的广度和高度，课堂怎么能跟'知识海洋'相比呢？"许彦波莞尔一笑。

一句话，让尚磊意识到这种终端的价值。术业有专攻，尚磊决定放弃与许彦波探讨专业的问题。他把"知识海洋"还给许彦波，问道："初宇入学后，是你们亲自带她，还是……"

"第一个研学班我们全程跟踪指导。我负责全局，肖雅雯负责行为训练。”许彦波说。

在研学班里，行为训练和知识教育同等重要。许彦波和肖雅雯平时都住集体宿舍，分别照顾男生和女生。

尚磊已经看完教学方案，心里估算一下成本：“孩子去这么多地方，开销不低吧？”

“和同等时长的普通班相比，成本高出八到十倍。”许彦波直截了当地说。

“我可以赞助——”

尚磊刚开口，就被许彦波打断：“项目经费全部由中科院承担，所有学生免费入学。这样我们才有选择权和决定权。另外，我必须说明一下，一小时前，我还不知道尚初宇是你的女儿。”

尚磊抚着额头，沉思。

肖雅雯心里犯嘀咕。她不是第一次和尚磊打交道，杨真曾经也是他的对手（注释二），他会怎么看待那些往事？

见尚磊半晌不说话，许彦波说：“尚总，如果你有困难，我们也不勉强。初宇有天赋，你肯定能给她提供更好的学习条件。”

“不，我支持她报名！”尚磊说。

尚磊随后说出自己的想法。尚初宇在富豪家庭长大，从小能接触很多同龄人接触不到的东西。天上的事知道一半，地上的事全知道，就是不知道自己拥有的一切，大多数同龄人要想得到有多难，更不知道父母为了让她过上这种生活，付出了多大的代价。

“我一直想找个地方消磨一下她的优越感。”尚磊指指“知识海洋”，“你们的教学方案，正是我需要的。”

接下来，他们商量具体事宜。

肖雅雯告诉尚磊，尚初宇入学后，要穿统一服装，使用统一生活用品，不能搞特殊。在校外请客都不行。如果有必要请，也只能是 AA 制。

“太棒了！我早就想这样，可惜那些贵族学校没有这样的硬性规定。”尚磊拍手叫好。

一小时后，尚磊、尚初宇把许彦波、肖雅雯送出院外。

尚初宇突然冲到许彦波面前，问：“老师，您到底是谁啊？不，不，我不是这个意思。我知道您是谁，但是——唉，算了，不问了。”

尚磊看着她的窘样，笑道：“你们这些小家伙就知道小鲜肉，哪里知道许老师在我们那代人心中的位置！”

“天啊，怎么不打个电话，我好去接你啊！”母亲看到张凡，满脸惊喜，一把把他搂进怀里。

“小事情，何必弄得那么麻烦。”张凡冷冷地说道。

张凡见过少管所的硬汉，无论在里面硬到什么程度，只要见到父母，都会痛哭流涕。他不想那么𡒄，更怕自己出丑。

张凡立下奇功。按照规定，刑期结束，他必须离开少管所。从暹国完成任务后，他还被公安部门嘉奖，奖状和证书都放在行李箱里带回来。

“怎么还背回来这么多书？”母亲见他从行李箱往外拿书，感到奇怪。

以前在家里，张凡喜欢研究怎么偷东西，也喜欢看书，只是后一个习惯，被家人视为不正常。

母亲给张凡收拾床铺时，手机铃声突然响起。她看看号码，尴尬地说：“你看，有人上门找我，你出去转转吧，两个小时后再回来。”

张凡知道母亲的“生意”来了，便知趣地躲出去。

张凡看到附近有片高楼，想到他进入少管所之前那里还是乱糟糟的工地。一个铁哥们儿说过，他父母在这里看中一套房子，付了定金，等待收房。他没有地方去，就按照铁哥们儿提供的地址走过去。没想到，在小区门口，门卫按照他报出业主的门牌号和姓名联系业主后，却告诉他，业主根本不认识他。

“怎么可能？我是他的同学，非常好的哥们儿，他就住在这里。”张凡对门卫的话难以置信。

“业主就是这么说的。不经业主同意，我不可能放你进去。”门卫的态度异常强硬。

张凡这次不是偷东西，一定要光明正大地走进去，没想到却碰了一鼻子灰。他围着小区转了一圈，寻找侧门、小门、矮墙，结果什么都没找到。他要想进入小区，只能从正门进入。

他又转回正门，看到铁哥们儿的母亲走出来，急忙走过去，低声说：“阿姨，你们在这里住？我是来看——”

铁哥们儿的母亲立即把张凡拉到一旁，低声喝道：“张凡，我提醒你，以后你再来找我家孩子，我就报警！”

“阿姨，我已经被释放了，决定洗心革面了。”张凡低声说。

“呸，狗改不了吃屎！上次你差点儿把我儿子带进沟里，你有脸吗？还洗心革面！实话告诉你，我们所有家长沟通过，都看好自家孩子，禁止他们与你玩耍！”

张凡知道，那些孩子，就是与他一起作案的孩子。当初，他认为他们还要上学，只有自己是无业游民，就承担了所有罪责。不久前，为了在沙阳面前显摆，他联系过那些孩子，没想到会造成这种结果。

铁哥们儿不接电话，张凡大失所望。看来，现在的哥们儿义气，没有他想象的那么重要。失落的他，孤独地坐在马路边，不知道去哪里。

孙玉峰把试验记录全部交出，高科技犯罪侦查局的侦查员才放心。为了保密，他们暂停对华盛集团其他人调查。

韩悦宾给孙玉峰戴上电子手环，以便随时掌握他的行踪。

试验记录显示，秘密试验的目标不是解决某种遗传病，也不是为了制造单体克隆抗体。

宋梓馨体内没有合成的特种蛋白。她的基因中，只有一处与众不同。

20年前，孙玉峰有个同学用小白鼠做负压神经元效能实验。所谓负压神经元，就是广泛存在于大脑额叶的一种神经元，可以产生促进肾上腺素释放的激素，相当于给机体打发令枪，或者踩刹车。这种神经元的多少，决定动物在面对危险时，选择战斗还是逃跑。

他的这位同学用化学方法抑制一组小白鼠的负压神经元，又用相反方法激发另一组小白鼠的负压神经元，再把这些小白鼠一起放到水里，强迫它们游泳。然后，他提着它们的尾巴倒挂起来，或者当公鼠接近母鼠时，把它们强行分开。

总之，他用十几种方法折磨这些小白鼠。试验结果表明，面对同样次数和同样程度的压力，前一组小白鼠能逃则逃，后一组小白鼠却主动应战。

这篇论文发表在《生理心理学报》上，然后就埋没在堆积如山的论文里。不过，孙玉峰与他偶然一次闲谈中，得知这个实验后，颇感兴趣。

作为中国屈指可数的基因专家，孙玉峰并没有跨界研究心理学，所有思考就不会受那么多条条框框限制。凭他的直觉，认为承压能力才决定一个人是否聪明。一个人从呱呱坠地开始，就要面对一系列压力，如断奶、行走、控制大小便、学说话、读书、就业、婚姻、事业……没有哪种事情没有压力。一个人只有经得住各种不适应，主动应对，才能从中获取更新、更多、更有用的信息和技能；如果习惯消极避让，一旦受到压力，就会退回舒适区，必然会丧失获取信息和技能的机会。

一次如此，一天天、一年年便会导致习惯成自然，前一类人会越来越强大，后一类人会越来越无能。

意志力大小决定智慧高低，负压神经元多少决定意志力的高低。基于此，孙玉峰找到了促进负压神经元生长的基因片断。

接下来该干什么，答案已经向他招手。改变亿万年生物进化的自然历程，亲手塑造一代超人，成千上万的遗传学家都有这样的梦想。他们会关起门来遐想，在同行间密谈，甚至发表在公开出版物中。

但是，却还没人敢尝试，至少没有人敢公开承认自己做过尝试。

说干就干。孙玉峰和学生宋春霞合作，在孙玉峰控股的试管婴儿实验室，完成了这个惊世骇俗的试验。

参与试验的人，还有一名医生，他拿到孙玉峰的钱后，负责提供虚假检测报告。

对外，孙玉峰声称再没有其他知情者，只有孙玉峰和宋春霞掌握这项试验的关键技术。

在这个纳米级的小手术中，他们没有往配子里转移任何动物基因成分。额叶是中枢神经系统里进化最晚的组织，所有动物的额叶都不如人类发达，没有移植必要。依靠计算机，他们编辑了 5000 个碱基对，制造出强化负压神经元的新基因。

“这不可能是他们的第一次试验！”史青峰指着几摞试验记录副本，提出质疑，“根据这些记录，他们在宋梓馨之前，就用猴子做过预备试验，并且也是一步到位，没有经历过任何失败。”

“他们不是用计算机排列碱基对吗？”梁文博问道，“计算机的运算速度快，两个人才能完成这么大的工作量吧？”

“梁局，这种技术 5 年前才成熟。根据我了解，十几年前靠计算机重排碱基对，成功率不到 5%。要制造出一个宋梓馨，起码需要制造 20 个废品。就算运气足够好，他们也得先用一两个孩子做试验，才能达到样本基因里的那种契合程度。”

如果这个推测成立，世界上至少还有一个试验品，甚至有几个、十几个。哪怕只有一个，那个孩子身上极有可能存在基因缺陷。在学术刊物上公开发表的克隆猴实验论文中，也证实了每十个胚胎才存活一个。

“龙剑，在华盛集团那边安排人手了吗？”李汉云问。

“有两个人一直盯着孙云峰。”

“就按史青峰的思路，让他们隔离审查孙云峰，你再去挤挤牙膏！”

得知至少还有一个基因合成人在社会某个角落里，容不得他们有丝毫犹豫。

散会后，史青峰准备对宋梓馨做检测。从现在开始，他们每隔一个月，就要对宋梓馨进行全面生理检测，所有检测记录保存起来，以供分析研究。

高科技犯罪侦查局已经添置了很多新设备，成立全球顶级生理检测室。史青峰刚回到生理检测室，外联处处长杜丽霞就走进来，示意他人暂时回避。

“杜处，有何指教？”史青峰不知道杜丽霞为何如此神秘，调侃道。

“检测时，尽量用无痛、无触、无感的设备，别吓着孩子。”杜丽霞环视检测室，看到满屋子的箱箱柜柜，感觉那些东西很生硬、冰冷。

“你的意思是？”

“杨真马上要成为她的继母了。师妹的孩子，咱们没有理由不心疼。”

“天啊，这是什么时候的事儿？”

“她会在合适时间公布的。总之，她会成为宋梓馨的法定监护人。”

第二章

即将汇流成河

自助餐厅里，肖雅雯和许彦波宴请张凡和他的母亲。张凡母亲年轻时，经常出入这种高档场所，这几年人老珠黄，“生意”不佳，已经没有人请她到这种地方了。

本来，江志伟要亲自答谢张凡的救女之恩。为了弄清宋梓馨的问题，占用了他的时间，便委托肖雅雯代表他和杨真，向张凡表示感谢。

肖雅雯拿出一份材料，递到张凡面前：“杨真说，这是她对你额外的谢意。”

这是张凡生父的档案，是杨真从国际刑警组织弄到的。张凡的父亲叫戴维，英国人，是当地贩毒集团的中层领导。

14 年前，戴维在与黑帮的一次冲突中，被人绑上水泥块，扔进海里，尸骨无存。

看到丈夫的照片，张凡的母亲号啕大哭。没错，照片中的人就是她的丈夫戴维。按时间计算，他们分手半个月后，他就遇难了。

张凡抢过父亲的档案复印件，贪婪地翻阅着。对于父亲的情况，母亲也是一知半解，这里却介绍得很详细。或者说，关于他父亲如何贩毒的经历，这里介绍得也很详细。

肖雅雯说：“杨真说，戴维在英国还有很多亲属，都做正经生意。如果张凡想去认亲，她可以提供帮助。有 DNA 检测结果，这件事很容易办到。”

“算了，他家的人，我一个都不认识，就别麻烦人家了。”张凡母亲破涕为笑，用力揉着张凡的头发，“张凡，你看见了吧，不是你爸爸故意抛弃咱们的，他是有良心的人。”

弄清爸爸的身份，张凡不但没有高兴，反而有些失落。现在可以确定，他是两个罪犯的后代。自己不服管教、胡作非为，难道是遗传基因使然？

许彦波还给张凡带来一件暹国军官波刚送的私人礼品。暹国政府军和神军对峙时，出现重大伤亡，张凡为铲除这支叛军做出重要贡献。暹国的玉石很便宜，波刚等人凑钱买了一尊玉佛，作为私人礼物送给张凡。

“为社会做出贡献，社会一定记得你，这套规则到哪里都一样。”许彦波郑重地把玉佛交给张凡。

接过玉佛，张凡感觉自己突然长大了。当初接受卧底任务，他只是为了减刑。后来的形势一直变化，即使进入神军军营，他也是自发应对，见招拆招。直到现在，他才意识到，自己办成了一件成年人都很难办成的事。

答谢并不是这次宴会的唯一目的。许彦波正式邀请张凡去他的研学班学习。他和肖雅雯还会亲自授课。张凡母亲一听，满口答应。张凡不上学，闲在家里容易出事儿。

面对丰富的高档菜肴，张凡却心事重重，毫无胃口。

“有什么想法吗？”许彦波问道。

“我不想去！”张凡支吾道。

三个月前，肖雅雯就提出让张凡参加研学班。那时候，他还在少管所，自然满心欢喜。现在离开少管所，他的想法又变了。昔日那些狐朋狗友的家长，对他声色俱厉，根本不把他当作正常人。

“我喜欢学习，但是担心进入学校后，有些人还会对我指手画脚。”张凡说出自己的担心。

虽然他没有指名道姓，他母亲却扭头哭了。

“如果只是这个理由，那你不用担心。”许彦波微微一笑，“在研学班里，你这张脸，还真不值得别人关注。”

“神经元细胞膜的不对称插入。”

“神经元极化的调节机制。”

“质膜前体囊泡。”

“抑癌蛋白 Lgl1 在该过程中的重要作用。”

……

桌上摆着孙玉峰交出的试验记录，图表连着图表，数字挨着数字。如果在平时，江志伟会耐心地研究这种跨学科的知识，但是现在，这不是冷冰冰的知识，这是在他女儿宋梓馨身上进行犯罪的记录。这种试验会对女儿造成什么伤害？如何避免？出现问题怎么办？他急于想弄清楚这些问题。

“杨真，我实在读不下去了，你给我讲讲吧。”江志伟一脸倦意地看了看床上熟睡的宋梓馨。他早就发现她贪睡，曾经担心她有病，但是她在学习上没有任何问题，渐渐地也就不以为然了。

现在他知道，这是负压神经元发出超常作用的表现。她清醒时，它们能产生巨大的抗压能力，同时也消耗更多能量，需要长时间恢复。

杨真了解江志伟此刻的心情，她给宋梓馨盖好被子后，拉着他走到院里。

晚风习习，灯影婆娑。杨真在轻松的氛围里向江志伟解释道：“你知道吗？孙玉峰和宋春霞对很多重大心理问题无师自通。那么多心理学家都没有搞清楚为什么有人天生聪明，有人为什么天生愚笨，他们却能一语中的……”

杨真从每个人经历的学习生涯讲起，认为所有学校都存在一种人为制造的压力。一个孩子掌握小学一年级课程，就被送入二年级，承受更大的学习压力。掌握小学知识后，就会被送入初中、高中和大学。

“这不奇怪，人人都是这样嘛。”江志伟不解其意。

“你想想成年人，谁能今年当科员，明年当科长，后年升处长，大后年做局长？或者，今年创业，明年赚钱，后年公司上市？很多人在几年、十几年内都在一个岗位上一动不动。大部分人接手一项新工作，都会手忙脚乱，然后适应，最后厌倦。你想想看，连续做 10 年超市收银员会怎么样？做 20 年出租车司机会怎么样？会越来越聪明？当然不会，但这就是成年人的生活。”

孩子被学校不断拉出舒适区，置于更大压力环境内。刚开始他们会出现适应效应，但最终他们不是变得能读善写，而是变得更能抗压。

“抗压能力就像建筑物的基础，埋在地下，平时根本看不见。但是，如果把建筑物盖到几十层上百层，地基必须打得很牢。”

杨真的解释，帮助江志伟弄清楚很多困惑。是的，宋梓馨从小做事就有条有理，不慌不忙。不管面对什么，她总是那么镇定。但是，他并不喜欢她对什么都是那种若无其事的样子，而是希望她笨一点儿，马虎一点儿。

或许，他想要一个鲜活的芭比娃娃，但宋梓馨不是。

如果这就是她的本性，但他为什么觉得别扭呢？

“她的身体会不会……”江志伟支吾着问。

杨真坦率地告诉他，如果宋梓馨真是第一个试验品，她要承受巨大风险。史青峰的怀疑不无道理，但是孙玉峰没有承认。目前查抄到的各种试验记录都表明，在宋梓馨之前没有任何试验样本。

“志伟，咱们别在这里开学术研讨会了。明天上班后，咱们到民政局把结婚证办了吧。”对待结婚登记，杨真却平静得像给新车办牌照。

由于她的话题转得太快，江志伟半天没反应过来。等他反应过来后，一把将杨真揽到怀里：“你确定——你考虑好了？”

“我考虑很久啦。”杨真故作轻描淡写，“再说——这也是梓馨妈妈的遗嘱。现在，我终于明白她临终前为什么会留下那句话了。”

以前，宋春霞坚持不让杨真接触宋梓馨，并非完全出于嫉妒，而是因为杨真的工作性质，觉得让她接触宋梓馨，等于把宋梓馨送到刀口。但是，她在生命最后一刻，还是选择信任杨真。她之所以信任杨真，是因为相信杨真的人品。杨真出生入死营救她的孩子，远远不只是出于职责。

“春霞临终前托付，要多重要就有多重要，我必须接受。”

杨真说。

作为经历过各种坎坷的孩子的法定监护人，是宋春霞对她的莫大信任，不容她有任何懈怠。

办公室，资料室，活动室，健身房，信息化考试间……

许彦波和肖雅雯陪着中科院行政管理局局长和肖雅雯的父亲、行为科学大师肖毅检查他们的筹备工作。

当初许彦波和肖雅雯确定恋爱关系后，肖雅雯带他拜见肖毅。肖毅和许彦波围绕教育改革展开讨论。二人在茶室谈着谈着，一个崭新的教育设想便形成了。

从那以后，肖毅便动用他的资源和许彦波合作。正好中科院也有领导希望改变现有教育模式，以避免普通大学毕业生眼高手低的缺陷。双方一拍即合，由中科院提供办公和教学场地，并配备两名专职助理。

第一期只设一个班，招收 10 个少年。中科院食堂为他们安排了一间备餐室，里面还有普通食堂看不到的便携式食物快检仪。

管理局局长五十出头，和许彦波年龄差不多，在肖毅面前算是晚辈。食堂巧立名目骗经费的事儿他见过很多，所以他对食堂管控很严，每笔钱必须落到实处。

这天，管理局局长来到食堂，询问肖毅：“教学方案上说，你要让孩子们自己操作这些仪器？”

“是的，每天安排两个孩子检测食物。”肖毅回答。

“他们自己也制作菜品吗？”

“平时视情况而定。不过毕业时，要求所有学生必须学会做饭。”

检查完备餐室，他们又来到宿舍。包括北京籍的学生在内，所有学生必须住校，导师也和他们住在一起。每个宿舍都有一个装备包，里面有热成像仪、激光测距仪、光敏仪、空气成分检测器，都是家庭使用的便携式。

“不仅在实验课上用？”管理局局长问。

“平时也用，要让他们养成检测习惯，从小生活在数字化世界里。”肖毅回答。

“科学地吃，科学地穿，科学地睡。光看教育方案里这么写，我感受还不深。看到这些，确实感觉耳目一新。但是，在这种环境里长大的孩子会怎么样呢？”管理局局长还是有些不放心。

“孩子不是化学元素，给出什么条件，就必然出现什么反应。这样培养的结果是什么，我还不敢打包票。也许这些问题都不是问题，也许他们会从此成为一代科学新人。总之，我们要朝后者努力。”肖毅说。

管理局局长赞许道：“我们都是搞科研的。你这么说，比打包票更让我放心。经费不是问题，今年这个班办得好，明年再开 5 个班。坚持办下去，让这里成为科学育种试验田。”

最后，他们回到办公室。

办公室门楣上挂出一个标牌，上面写着：科学种子工程项目组。

此处正式名称不叫实验学校，也不叫实验班。他们要培养未来的科学种子，所以叫科学种子研学班，简称“研学班”。今年只组建一个班，序号为 A01。

参观结束，肖毅送管理局局长离去后，把肖雅雯、许彦波叫到办公室，说：“你们刚把喜糖发出去，马上又要吃别人的喜糖了。”

肖毅把杨真和江志伟结婚的消息告诉他们。这件事，对他们来说，既在意料之外，也在情理之中。杨真和江志伟非常恩爱，但是杨真恐婚。她的这种矛盾心理，亲戚们都看得出来，不知道怎么规劝时，没想到她却突然宣布结婚了。

“我知道杨真有担当，但还是没想到她能有这样的担当。”肖毅不由自主地称赞道。

“是啊，她这是要把别人的大包袱背到自己身上。”许彦波随声附和。

宋梓馨的事情，肖雅雯一清二楚，只是没想到杨真会这么果断接过去，于是问道：“爸爸，我们能替她分担什么呢？”

“你们把宋梓馨教育好，就是对她的最大帮助。”

审讯完毕后，孙玉峰提出要见江志伟，理由是他觉得亏欠江志伟。经过高科技犯罪侦查局局党委商议，决定派杨真陪同江志伟一同去见孙玉峰。

没想到，江志伟却拒绝去见孙玉峰。

虽然没有直接证据表明，宋春霞和孙玉峰还有其他关系，但是宋春霞在处理宋梓馨的问题时，不和自己的丈夫商量，却信任外人，让江志伟感觉这比戴绿帽子的屈辱还大。

杨真劝了很久，江志伟才点头同意。

他们把见面地点安排在高科技犯罪侦查局，按照流程，全程监控。

孙玉峰从未见过江志伟，见面后，他立刻鞠躬道歉。

“我来见你，只是想了解一下孩子的情况。”江志伟强忍心中怒火。

孙玉峰向江志伟讲述了自己过去的计划。如果宋梓馨在发育过程中没有出现问题，他和宋春霞就会想尽办法给她创造优越的学习环境，最大限度地挖掘她的潜力。

哪个父亲不是望女成凤？他们以为江志伟肯定会喜欢聪明伶俐的女儿。

等宋梓馨功成名就后，宋春霞再向江志伟解释，这是因为她给宋梓馨做了一个小手术，宋梓馨才会如此成功。她觉得，只要宋梓馨成为江志伟的骄傲，江志伟自然无话可说。

没想到，对于宋梓馨的成长，江志伟却有完全不同的教育理念。

宋春霞为了早日看到自己的试验成果，在宋梓馨几岁时便给她报各种课外补习班，还想送她读大学少年班。她不断地向江志伟施压，张嘴就是别人家孩子怎么样。

对此，江志伟时而不满，时而愤怒，最后推掉了那些课外补习班。

他们不仅在宋梓馨的教育方式上存在分歧，江志伟也忍受不了宋春霞不可理喻的脾气。现在回忆起来，她为了证明一个谎言是真的，不得不编造更多的谎言去掩饰。

“江先生，你也是科学家，应该不会如此多愁善感。大自然进化出来的生物体，在执行生存任务时都不是很完美的。他们的体内存在大量冗余的基因片断，还携带很多遗传病。在科技如此发达的年代，我们为什么不去创造更强大更完美的人呢？别否认，你不也是创造更优质、更强大的机器人嘛！”

“孙玉峰，其实你不用向我道歉。你伤害最大的人不是我，而是宋梓馨。”江志伟极力地控制着愤怒。

“我可是赋予她高出常人几倍的智力，怎么能说是伤害呢？感激、感动更准确吧？”孙玉峰冷冷地说。

“孙玉峰，难道你还不知道你犯下的罪行是什么？”江志伟再也控制不住情绪，怒喝道。

孙玉峰坐直身子，沉下脸。他确信，当初自己做出这样的选择，就是确定自己站在道德制高点上，根本不怕庸人指指点点。

他缓声说道：“不管你们给我定什么罪，总有一天，时间会证明我是无罪的！”

江志伟摇摇头：“我知道，你们希望宋梓馨智力非凡，你们也达到目的了。事实上，她却一直生活在恐惧中。她担心自己会患上癌症，不知道哪一天要面对什么重大疾病。她很乖，不敢让宋春霞知道自己内心的恐惧，整天独自在担惊受怕中生活。”

不提宋春霞，孙玉峰还能平心静气，坦然面对江志伟的各种指责。见江志伟埋怨宋春霞，他再也忍不住了，吼道：“江志伟，世界上有多少母亲，在孕期能像宋春霞那样认真准备？很多女人生孩子，仅仅是追求生理刺激的结果，就像下猪仔一样随意，你为什么不去谴责她们？”

“你们别吵了！”杨真制止他们毫无意义的争吵，“以前的事交给法律裁决，现在你们要商量宋梓馨以后的事情怎么办！她肯定会出问题的，出了问题怎么办，这才是你们现在该谈的内容，懂不懂？”

护士出去后，空荡荡的会客室里只留下 14 岁的曲哲。

母亲来看他，却选择语音通话，而没有选择与他视频通话。母亲探望他多次，每次都以这样的方式和曲哲交流。

“妈妈，您感觉好点儿没有？”

“左眼视力恢复了吗？”

“您一定要多走路，不能老躺着。”

“脑机接口处还有胀痛的感觉吗？”

“天很热了，您的洗漱方便吗？”

……

曲哲像连珠炮般发问。

耳麦里，母亲有气无力地嗯嗯啊啊。她不是体能差，而是心情差。

接下来，曲哲告诉母亲，中科院要创办一个特殊研学班，只招收 10 人，他已经被选中。

母亲是美容师，初中没毕业就混社会。对于大学，她只知道清华北大。

听说进入那个班学习不用上课，母亲立即表示反对：“上学不上课，你不得放羊啊？你能自觉学习吗？”

“当然能。他们考核过，不自律的学生都不能入选。”曲哲解释道。

曲哲告诉母亲，这个研学班采用先进的教学方法，学生一两年就能通过高考。毕业后，他想报考医学院，读博士，专门研究组织工程。

如果研学班真像曲哲说得这么厉害，那可真是太好了。但母亲没有高兴几分钟，又开始为学费发愁。

曲哲说，这个研学班免费教学，还包食宿，几乎一分钱不用花。

“唉，不用花钱就太好了。想去你就去吧，我没有能力照顾你，只希望你能健康地长大。”自从进入会客室，母亲头一次讲这么多话。

曲哲非常高兴，趁热打铁地哀求道：“妈妈，入学前，我想看看您。”

“不行！”母亲像被马蜂蜇到一样，一口回绝。

曲哲吓了一跳，不再说话，默默地流泪。

母亲也是泪流满面，哭泣着说：“儿子，不是妈妈心狠。妈妈现在人不人、鬼不鬼的样子，连我自己都讨厌。妈妈能看到你就行了。”

曲哲泪流满面地走出会客室。

一直在门外等候的许彦波，见曲哲出来，一把搂住他的肩膀，与他一起走向电梯。

曲哲是杨真推荐过来的，许彦波自然要特殊照顾。

滴滴清泉，正在他这里汇成小溪（注释三）。

昨天江志伟回来得很晚，还在酣睡。

杨真揉揉眼睛，跳下床，蹑手蹑脚地走到客厅，便听到窸窸窣窣的声音，定睛一看，原来是宋梓馨正在给垃圾筒换垃圾袋。

杨真忽然意识到，她的二人世界里，从此多出一个人。宋梓馨能起这么早，让她感到很好奇，问道："梓馨，你睡好了吗？"

"嗯。"宋梓馨嘴上答应，手却不停。

杨真四处看了看，发现宋梓馨已经把厨房、厕所的垃圾袋全换了。所有垃圾袋堆在门口，看样子准备送出去。

10岁女孩能做这些吗？杨真没有近距离接触过这么大的孩子，不敢肯定。她最了解的肖姗，已经11岁，还是衣来伸手饭来张口的小公主，别说替家长做家务，稍不顺心就甩脸子耍脾气。

宋梓馨准备把垃圾袋拎出去。

"我来。"杨真赶忙接过去。垃圾袋里，有她换下来的卫生巾，怎么好意思让小女孩去扔呢？

江志伟起床后，走进厨房，看见杨真给宋梓馨介绍各种餐具的使用方法及使用时的注意事项，告诉她油盐酱醋在哪里，谁经常使用哪些餐盘。

"起这么早，你们在干吗？"江志伟问道。

"梓馨想熟悉一下厨房的环境，我给她介绍呢。你睡好了？”杨真莞尔一笑。

“你们忙吧，我去洗漱。”江志伟说完离开厨房。

等江志伟洗漱完毕，杨真和宋梓馨联手做的丰盛早餐已经摆上餐桌，咖啡、果汁、面包煎蛋、小笼包、水煮青菜，应有尽有。

江志伟和宋春霞离婚前，已经分居两年。两年内，他没有和宋梓馨一起生活。现在宋梓馨突然坐在他面前，让他感觉有些不适应。

“她没给你添乱吧？”江志伟小声问杨真。

“梓馨可厉害了，做家务都可以做我的师傅。”杨真笑着拍了拍宋梓馨的肩膀。

“是吗？我女儿这么厉害？”江志伟盯着宋梓馨，感觉经历了母亲去世，她突然长大许多。

几天前，江志伟和宋梓馨参加了宋春霞的葬礼。葬礼上，她的态度明显改变了。

她从家里出逃时，心里充满怨恨。看到宋春霞舍命救她，她心里又充满愧疚。

宋梓馨的外公外婆，白发人送黑发人，悲痛万分，追问女儿遇难的原因。对于宋梓馨遭遇的事情，涉及重大机密，杨真只能随口应付。

葬礼结束后，江志伟按照《继承法》的规定，把宋春霞的个人财产分成两等份，一份留给她的父母，一份留给宋梓馨。

宋梓馨却说："妈妈的遗产，全部交给外公外婆吧。我害了妈妈，没有资格继承。"

江志伟和杨真商量，杨真建议按宋梓馨的要求办。她说："梓馨出于自责也好，出于愧疚也罢，只要她积极乐观，我们都要尊重她的选择。"

江志伟按照宋梓馨的要求，把宋春霞的遗产全部留给她父母。

他们刚吃完饭，门铃便响了。

杨真打开门，见张凡背着书包拘谨地站在门口，立即热情地招呼他进屋："张凡，梓馨刚吃完饭，你到屋里等她吧。"

杨真知道，宋梓馨几乎没有朋友。张凡比宋梓馨大 4 岁，又是小暖男，真心希望他们能成为朋友。

张凡进屋后，坐在沙发上，等待卫生间的宋梓馨。

"他就是去暹国卧底的人？"江志伟指着张凡的背影，悄声问杨真。

"是的。他也是小天才。"

"感谢，感谢！"江志伟走到沙发前，握住张凡的手，连声感谢。

张凡比江志伟矮半头，瘦一圈，见江志伟如此客气，他还有点儿不好意思，赶紧转移话题："叔叔，阿姨，我快入学了。我基础差，想请宋梓馨帮我补补课。"

宋梓馨从卫生间走出来，喊道：“咱们是铁哥们儿，你还客气啥？过来，到我的房间去。”

张凡起身随宋梓馨进入房间。

宋梓馨拉过椅子，请张凡坐下。

张凡拿出教材，里面夹着纸条，抽出来问道：“方位角和方向角有什么区别？”

“方位角是指要从某点的指北方向线起，依顺时针方向至目标方向线之间的水平夹角，有可能大于 90 度；方向角是指采用某坐标轴方向作为标准方向所确定的方位角，必须小于 90 度。”

“什么是匀速直线定理？”

“电磁感应公式怎么写？”

“……”

没上过几年学，只会动手操作，张凡知道自己在基础知识方面存在严重短板，所以即便在小老师面前，学习态度也非常端正。就这样，他们教着、学着、讨论着。

杨真坐在客厅里，高兴地望着他们，捅了一下江志伟，悄声说：“你不是总担心梓馨没有朋友吗？现在就有了。”

江志伟了解张凡的身世，见到他，感觉他具有与同龄孩子不相符的成熟，心里阵阵酸楚。

这时，许彦波和肖雅雯推门进屋，来给宋梓馨和张凡介绍入学事项。

一阵寒暄之后，许彦波进入正题，对江志伟说："研学班要实行半军事化管理，张凡应该能适应，不知道梓馨会怎么样。"

"我觉得她还行吧，除了贪睡，她没啥缺点。"江志伟回答。

张凡担心入学后，会像以前那样遭到同学歧视。这也是他以前辍学的主要原因。

"他们都不是普通孩子，不会像普通学校学生之间存在身份歧视的。"许彦波打消张凡的顾虑。

10个学生都是他亲自挑选出来的，了解他们的情况，断定他们不会歧视张凡。

"张凡，你在社会上混了那么久，应该天不怕地不怕才对啊。"肖雅雯鼓励道。

"张凡，不管其他同学怎样看你，至少我会把你当作好朋友。你放心，有我在，谁也不会把你怎么样的。"宋梓馨坐到张凡身边，给他打气。

"快到中午了，咱们一起准备午饭吧。"江志伟招呼宋梓馨、张凡，到厨房洗菜、淘米、切肉。他想在这个过程中，培养张凡的参与意识和成就感。

杨真向许彦波讲述宋梓馨的情况："姐夫，宋梓馨从暹国回来后，一直没有哭过，我总感觉不太正常。"

"说得具体点儿。"

“她和母亲毕竟在一起生活 10 年，相互之间肯定存在一些怨恨，但亲情应该占主要部分。她现在呈现出这种状态，我觉得有两种可能，一是她把悲痛隐藏得太深，找不到合适的出口，必然会导致她的人格不完整，心理不健康。”

作为心理学家，肖毅和肖雅雯都是这样认为的。一个孩子如果负面情绪太多，还得不到纾解，往往会形成多重人格。

“另一种可能是什么？”许彦波问。

“我感觉她非常冷血，似乎对于母亲去世一点儿都不在意。”

杨真担心的是，修改基因的目的，就是让被修改者获得超强的情绪管理能力，应该不会对他们的生活造成什么影响。宋梓馨现在的言行举止非常得体，这有些反常，她会不会成为另一个沙阳？难道她的这些表现是趋利避害，避免再次受到伤害？

杨真告诉许彦波，宋梓馨被解救出来后，要为沙阳的案子出庭作证。她要向案件负责人陈述自己和沙阳在一起发生的所有事情。杨真作为她的直系亲属，应该回避，所以由蔡静茹负责。

讯问结束后，蔡静茹把杨真请到自己的办公室，告诉杨真，宋梓馨讲话头头是道，滴水不漏，几乎找不到任何破绽。她觉得太不正常。她还叮嘱杨真，做宋梓馨的监护人，得有足够的心理准备。

杨真没有忽视蔡静茹的提醒。尽管她和宋梓馨相处这段时间，彼此没有发生任何矛盾，但她能真实地感觉到，宋梓馨一直提防着她。

杨真回来问许彦波：“姐夫，宋梓馨确实是一个不正常的孩子，对任何人都处处设防。你对这样的学生，有什么特别有效的引导方法吗？”

许彦波一直在思考这个问题。宋梓馨、沙阳和郭晓宇的智力差不多，还一起策划过与神军合作的方案。面对这个紧闭心门、处处设防的女孩，他应该怎么办呢？

尽管他还没有想出相应的对策，却不想让杨真担心：“也许事情并没有我们想得那么复杂。你作为继母，身份特殊，对你稍有排斥也正常。”

杨真认可许彦波的说法，点点头，没有说话。

许彦波继续分析道：“其实，她的基因发生什么样的改变并不重要，善与恶都没有写进基因里。只要生长环境健康，她的人格就不会偏到哪里去。这个环境是谁创造的？是我们。我们必须给她营造一个积极、阳光的环境，让她尽快成为积极、阳光的孩子。”

距离北京首都机场10公里，有座占地千亩的旅游度假村。度假村里，亭台楼阁之间有几座标准厂房那么大的摄影棚，很多当红综艺节目都在这里录制。

许彦波和肖雅雯驱车来到 3 号摄影棚。

4000 平方米的摄影棚里，散落着几百号人，有的在布线，有的在装饰舞台，有的在摆放道具，还有百余名“职业观众”在编导的指挥下排练。

“许老师，肖老师！”一个十三四岁的女生从远处跑过来。高鼻梁、蓝眼睛、黑头发的她，在人群中很扎眼：“我妈妈现在在贵宾室，她知道你们来吗？”

“我们已经约好了，不用叫她。我们这次只是看看这里的环境。”肖雅雯说。

小女孩名叫嘉娜，哈萨克族人，能说一口纯正的普通话。她从小生活在摄影棚里，对这里的人和物非常熟悉。她像小主人似的，拉着许彦波和肖雅雯：“老师，这里太乱了，我带你们去休息室休息。”

他们来到二楼，路过贵宾室时，看见一名央视著名主持人翻看主持词。许彦波觉得这个主持人面熟，但叫不出名字。

“你向那个主持人要过签名吗？”许彦波问嘉娜。

“他和我妈妈非常熟，经常去我家串门，我觉得他和普通人没啥区别。”嘉娜不屑地说。

来到休息室，嘉娜问：“老师，我能通过你们的考核吗？”

“你已经被录取了，不然我们不会考察你的生长环境。”肖雅雯说。

“离开现在的同学，离开大明星经常出现的地方，你会不会后悔？研学班可没有这么热闹。”许彦波问道。

“没有什么后悔的。”嘉娜不假思索地说。

“理由呢？”

嘉娜想了想，反问道：“如果我说我不喜欢现在的学校，算理由吗？”

“我们只想知道你的真实想法。”

嘉娜大大方方地说：“在学校里，无论我做得多么好，同学都不会认可我，还在背地里议论我，什么都是我父母暗中运作的结果。既然无论我怎么努力、怎么付出，都得不到他们的认可，那我只能和他们一样平庸。也只有那样，才能被他们接纳。研学班的同学，也害怕别人比自己优秀吗？”

许彦波反问：“你最关心的，是不是班级的学风？”

“对。”嘉娜点点头。

“研学班从零起步，如果你不喜欢这种学风，可以和同学一起营造令自己满意的学风。”

嘉娜高兴得拍手说道：“那就尽快开学吧，我非常期待那种自由的氛围。”

嘉娜的妈妈走进来。她是这台节目的总导演，也是卢红雅媒体圈的朋友。卢红雅得知肖毅、许彦波、肖雅雯办研学班，也知道嘉娜出现厌学状态，就向他们推荐。

寒暄几句后，嘉娜妈妈让嘉娜把许彦波、肖雅雯带到二楼的观众席，她要去导演室指挥录制。

二楼的观众席，向来是留给节目组亲朋好友的。座位不多，但视野较好，能看到摄影棚内的全景。

嘉娜坐下后，说道："每次录制节目，我都坐在这里观看。不过很无聊的，录制 5 小时，剪辑后播出时长也就一个小时。"

许彦波和肖雅雯第一次进入摄影棚，对这里的一切都感到新鲜。他们数了数，全场共有 8 个机位，从不同位置对准舞台。他们实在想不出，剪辑出来的节目是什么样子的。

这是一档娱乐性的科学实验节目，聘请当红影视明星和中科院研究员做嘉宾。节目中推出各种有趣的科学实验，如大象牙膏、空气炮、负重独轮车、声波碎物、氦气球负重等。演示每个实验前，主持人都会提出问题，交给当红影视明星猜测结果，再试验证明，然后研究员解释原理。

肖雅雯说："主持人真够博学的，好像什么都知道。"

嘉娜撇嘴道："他手里有台词卡，卡上的知识点，有好多还是我帮助编导查找的，他只是以自己的方式说出来而已。我非常讨厌他们为了收视效果，故意设置悬念。"

"你经常参与节目前期筹备吗？"许彦波问道。

"你们都不知道他们有多懒。这个主持人，以前是主持黄昏恋节目的，半年前才被我妈妈雇用。我实在想不明白，我妈妈为什么要雇用他。"

肖雅雯一脸不解："主持人是雇用的？"

嘉娜点点头："他们按分钟工作，多工作一分钟都要加钱的。”

许彦波一直以为，主持人、导演是一个团队，没想到他们只是赤裸裸的雇佣关系。更没想到，荧屏上如此亲民的主持人，会不愿意为节目组多工作一分钟。

他转移话题，问嘉娜：“嘉娜，你在读初二吧？节目中涉及的物理化学知识，应该超出你的学习范围，你是怎么帮助他们呢？”

嘉娜说：“现在是网络社会，只要不是绝密的理论或技术，网络上都能查到。只要用心，多研读几遍，就能轻松搞定。”

“你喜欢这类节目吗？”肖雅雯问。

“我不喜欢就不会参与了。我觉得，这总比那些无聊弱智的相亲节目好玩。”

一年以来，亲朋好友都在等待杨真和江志伟的婚礼，但是谁也没想到，他们会这么快就宣布了。

对此，亲戚们除了祝福，并没有说什么。

高科技犯罪侦查局的那些老同事，却吵翻天了。

杨真把他们召集到一起，严肃地宣布：“从现在起，我就是宋梓馨的法定监护人。按照规定，我要回避这个案子。但是，你们对她做什么检测、搞什么研究，必须经过我同意。”

“拿我当外人了是吧？”杜丽霞盯着杨真说，“你是我妹妹，梓馨就是我的外甥女，我无条件支持你的选择。”

同事们纷纷祝福杨真，并支持她的决定。

李汉云把杨真叫到办公室：“上级发来通知，首长要接见你们。”

杨真知道，这位首长主管高科技犯罪侦查局，吃惊地问：“接见我们？我们是——”

“你们夫妻，还有宋梓馨。”李汉云说，“你回去后好好准备，别给局里丢脸！”

当晚，杨真、江志伟、宋梓馨、李汉云就被一辆轿车接到首长家里。他们没想到，他们一直觉得高不可攀的首长，却像邻家大伯一样亲切，不但了解他们的工作，还询问他们有什么困难需要解决。

首长询问宋梓馨的健康情况后，从抽屉里拿出两个红包，递给宋梓馨一个，和蔼地说：“小朋友，这是我送给你的‘六一’礼物，虽然送晚了，但也代表我的心意，祝你越来越聪明，越来越漂亮，将来成为对社会有用的人。”

宋梓馨在没有得到父母允许下，从来不接受别人的礼物，这次也一样。

首长见宋梓馨悄悄躲避，意识到她是非常守规矩的人，笑呵呵地对杨真说：“杨真，你就批准吧，不然我就得一直举着。”

杨真赶紧说：“宋梓馨，首长对你给予厚望，你就收下吧，将来你用实际行动报效国家回报首长就行了。”

宋梓馨见杨真这么说，羞涩地接过红包：“谢谢爷爷！”

首长把另一个红包递给杨真：“很多年没有随份子了，也不知道现在是什么行情。多少就是一个祝福，我祝福你们新婚幸福！”

首长的红包，彻底把杨真弄得不知所措。

李汉云轻轻捅了一下杨真，杨真才把红包接过去。

“这就对了嘛。我除了祝福你们，对娃儿还有期待。作为父母，你们一定要好好抚养她。”首长握着杨真的手说。

又聊了一会儿，首长吩咐司机把他们送回去。

把江志伟和宋梓馨送到家后，李汉云把杨真带到办公室，向他传达了高科技犯罪侦查局党委的两项决定：一、成立专家组，对宋梓馨进行全方位监控，包括生理检测、心理评估、制定教育方案等；二、首长批示，杨真作为心理学专业的警官，宋梓馨法定监护人，这个专家组由杨真负责。

李汉云宣布完毕，语重心长地说：“宋梓馨遭遇这样的事儿，我们必须对她尽到监管责任。不论她作为中华人民共和国公民，还是作为特殊实验产物，我们都有责任和义务关心她、教育她。”

杨真心里所有包袱，瞬间甩到九霄云外。

李汉云告诉她，出于保密需要，党委建议他们秘密结婚，不要举办婚礼。

“我理解。”杨真当然知道高科技犯罪侦查局员工身份的特殊性。

第三章

万里征途

人类教育史的新篇章，就在中科院这间毫不起眼的电化教室里翻开。

教室虽然不大，只有沙发茶几，但显得很宽敞。

中科院党委拨发大笔经费后，许彦波和肖雅雯按照制定的教学大纲，亲自采购教学设备、器材，并监督安装调试。几天后，教室内，裸眼3D、视觉增强、虚拟投射等各种高科技设备基本齐备。

来自五湖四海的高智商少年在规定的时间内陆续走进教室。

张凡扫视教室一周，一直悬着的心缓缓放下。他确定许彦波没有欺骗他。教室里，居然没有课桌，全部是沙发和茶几。深度近视的胖子冷泉、年龄最小的宋梓馨、文艺范十足的嘉娜，还有白人男孩，少数民族女孩。与他们相比，他这张脸确实不算突兀。

除了张凡和宋梓馨，其他 8 个少年彼此并不熟悉。你看我，我看你，想接近又有些羞涩，都默默地坐在沙发上，偷偷打量自己前后左右的同学。

他们谁都没有想到，多年以后，自己会被写进科学史，甚至人类教育史。

学生虽少，简单的开学典礼并不能少。虽然没有讲台，少年们坐在“U”形沙发上，老师站在“U”形口，保证任何人随时都能看到任何人的表情。

中科院行政管理处处长、科学种子工程项目组负责人到场，代表中科院各级领导，向少年们致辞，欢迎他们来到中科院就读：“……这是一项伟大的教育试验，以研学代替课堂教学。如果我们的试验成功，将来所有中国学生将摆脱枯燥乏味的课堂，改为生动有趣的研学。同学们，从现在起，我们就要迈出了万里长征的第一步。为了确保教学试验成功，我们提高了招生标准。祝贺你们，你们通过智力测验，都已经达到‘标准 9’。你们知道这次录取率是多少吗？”

少年们你看看我，我看看你，纷纷摇头。

“千分之五！也就是说，在接受测验的 200 个少年中，才有一个少年的智力达到‘标准 9’。不过你们不要高兴——”处长走到张凡面前，拍了拍他的肩膀，“智力只是你们成才的硬件，而成才成功却需要各种软件。你们能不能匹配那些软件，还需要你们日后不断地努力。”

处长讲完后，肖毅走到“U”形口，向少年们提出问题：“同学们，你们听到‘科学’这个词，最先联想到什么？”

“有用。”

“神奇。”

“严谨。”

“想象力。”

“系统。”

“客观。”

“有趣。”

“能带我们去太空！”14 岁的李千雪最后站起来，怯生生地说。

“你们的回答都很好！你们能有这样的认识，一只脚已经跨进科学的门槛。不过，等你们全部跨进去，饱受痛苦、磨难、煎熬，面对失败和牺牲之后，还会有更多的认识。在科研领域，付出与收获往往不成正比，但不付出肯定不会有收获。我希望你们不做科研逃兵，都能坚持到梦想成真那一刻。”

少年们尽管难以理解肖毅的话，但还是热烈鼓掌。

领导和嘉宾离开后，许彦波指挥少年们从门口抬进一张普通课桌，又拖进来一个沉重的纸箱，纸箱里全是现在学校使用的各科教材。

肖雅雯指挥少年们把教材摞起来，足足摞了一米多高。

许彦波指着教材说："这就是一个学生从小学一年级到高中三年级必学的教材。任何一个学生想考入大学，还要学习10倍的教辅，还不包括各种试卷。"

这个问题，在场的任何少年都没有考虑过。他们只是羡慕过邻居家的哥哥姐姐考入北大清华，却没有问过他们做过多少习题，背过多少课文。

肖雅雯拿过一台体重秤："梓馨、佳亮、阿力赤，帮我把这些教材放到体重秤上，量量它们的质量。"

几个少年把教材移到体重秤上，质量是55.8公斤，超出教室里任何一个少年的体重。

许彦波拿出形似iPad、泛着金属光泽的"知识海洋"，用弹簧秤称一下，质量是650克。他指着教材和"知识海洋"说道："同学们，如果用信息单位比特计算，它容纳的信息是这些教材总和的1550万倍，还不包括互联网上的海量信息。"

"在学校，甚至在家里，老师和家长都禁止我们接触电子产品。我家虽然有iPad，但父母只允许我每天玩半个小时。"冷泉站起来说。

许彦波说："你说得对。现在在很多家庭中，父母可以随意使用电子产品，却禁止孩子接触。有些国家还颁布法令，严禁学生把电子产品带到学校。可是，他们有没有想过，你们是互联网的土著，出生在信息时代，成长在万物互联的物联网社会，却禁止你们接触电子产品，这是教育的悲哀！”

他的这些话，似乎触到少年们心里的柔软处，纷纷鼓掌。

放弃课本，改用网络终端学习。在招生时，许彦波和肖雅雯就向家长、学生讲过。少年们对此虽然有一定的心理准备，但一下子改变了他们熟悉的上课模式，还有些不习惯。

“其实，学习效果好坏，不在于学生使用什么，而在于如何使用。”许彦波为少年们演示如何使用这款专门为他们研发的网络终端，“每天你们学什么、学多少，都由你们自己安排。想学高一数学，还是初三物理，就在这里选择。你们看，任何知识点，都配有文字、实验视频、应用介绍，以及将来应用的领域。每个知识点旁边，都有虚拟教师的头像。你们想让谁帮助你们讲解，就可以点击他们的头像。”

“这不就是电子游戏嘛！”少年们望着“知识海洋”的屏幕，纷纷低声议论。

如果少年们掌握了一个知识点，就可以点击下一步，从海量题库中随机选择，从易到难逐级检查自己的掌握程度。终端认为他真正掌握了这个知识点后，就自动进入下一个知识点。这个过程，类似游戏通关。

“这确实是结合你们的兴趣爱好设计的学习游戏。”许彦波拍了拍那摞纸质教材，“学习本来就是通关游戏。你们在‘知识海洋’上通关后，就等于高中毕业了。”

曲哲举手提问：“老师，这么多课程，我们需要多久才能全部通关呢？”

许彦波说：“学习进度完全由你们自己掌握。所有知识点，由实际应用引发，会引导你们主动学习其他知识，肯定比普通学校被动学习的进度快很多。我估计一年之内，就会有人学完全部课程。明年夏天，就会有人主动要求参加高考。进步最慢的学生，后年也能参加高考。如果有人两年内还不能结业，就说明他不适合坐在这里，我们会把他送回普通学校。即便那样，他掌握的知识，也会比同龄人多得多，扎实得多。”

听到这里，少年们有的兴趣盎然，有的却担心自己无法在一年内完成学习任务，被送回原来学校没有面子……

许彦波看出某些少年有顾虑，接着说道：“请记住，你们的智商，都在同龄人之上。有的人之所以在原来学校学习成绩不理想，是因为你们不适合那种被动的学习方式。从现在起，学习方式由你们自己选择。请相信，这里总会有一种学习方式，能充分挖掘你们的学习潜力。”

许彦波说完，肖雅雯就给少年们发放“知识海洋”。

少年们拿到“知识海洋”后便开始研究，发现它和自己平时使用的 iPad 一样，可以拍照、录音、上网、对话、绘画、视频剪辑等，但比普通 iPad 的功能有过之而无不及。

如果说区别，它连接了中科院的鸿云终端，可以了解世界科学技术前沿的研发情况。

肖雅雯发放完“知识海洋”，站在“U”形口扫视教室一周：“同学们，你们现在是武装到牙齿的‘特种兵’，在学习硬件上，国内外任何一所贵族学校都是无法比拟的。”她举起手中的“知识海洋”，“目前，只有中国才有这种学习设备，你们作为首批使用者，应该感到骄傲！”

“老师，能用它玩游戏吗？”冷泉站起来问道。他爱学习，也爱玩游戏。他父母是肖雅雯的挚友，把他送到这里，一是支持肖雅雯的教育实验，二是让他改掉不良学习习惯。

“很遗憾地告诉你们，你们手里的‘知识海洋’使用权限是有限的，屏蔽了那些只能带来感官刺激的 APP。”肖雅雯微笑着告诉少年们。

肖雅雯又告诉少年们，“知识海洋”里内置经营、益智类游戏，如《城市 3000》《铁路大亨》《主题医院》《新世界》等。玩这些游戏，不但需要自己掌握的生活知识，还可以根据自己的兴趣，修改游戏规则。因此，即便是同款游戏，因为玩家不同，都会有不同的结果。

嘉娜问：“在这里的一年中，全部课程都要我们自学吗？我们已经习惯被动学习，能一下子改变吗？”在家长、老师眼里，她就是听话、乖巧的孩子。她也一直坚持做让家长、老师满意的孩子。突然失去家长的规划、老师的引导，她担心自己不知道做什么。

许彦波说，普通学校学生学习知识，基本都是为了应付考试，而忽略应用。因为学习的目的单一且枯燥，导致很多学生不知道为什么学习，为谁学习。在这里，一切知识都是为了实际应用，一个知识点会引发一系列实际应用需要。不论在什么时候，也不论你们掌握多少知识，都会觉得自己的知识不够用。你们会像寻宝一样，不断地追求、攫取。

他举起“知识海洋”：“在这里，不仅包含世界上所有学科的所有知识，还有近乎一流专家的虚拟教师。只要你们耐心寻找，都会获得满意的答案。”

少年们反复打量自己手里的“知识海洋”，好像审视打开梦想之门的钥匙。

许彦波接着说：“从今以后，你们要自主学习、按需学习。作为研学导师，我的责任是带领你们走南闯北，我们同吃、同住、同行、同学习，一起拓展自己的知识和见识。下面，我们合影留念，记录下这一伟大时刻。”

合影后，10 个少年抱走所有纸质教材，送档案室封存，待一年后对照自己掌握的知识。

嘉娜用“知识海洋”拍下激动人心的画面。她希望几年之后，中国所有学生都能像他们一样，主动学习、按需学习，不再被动等待能力参差不齐的教师添喂。

少年们回来之后，许彦波宣布下课。

“一节课结束了？怎么只有 20 分钟？”彝族少年阿力赤有点儿不习惯。

“一会儿上第二节课。”许彦波示意少年们跟他去另外一个场地。

“每节课都没有固定时长，而是根据学习任务随时安排。”许彦波说完走出去。

所有少年生怕落下似的，紧紧跟在他的身后。

谁都没想到，许彦波竟然把他们带到食堂。

食堂门口的巨大屏幕上，各种菜品所需材料、制作过程、营养成分、适食人群等信息，一应俱全。每个人可以根据自己的身体情况进行选择。

肖雅雯让少年们站成一排：“同学们，什么叫行为训练？就是科学地吃饭、休息、学习、工作、娱乐、交友。归纳成一句话，就是科学地生活。今天我们先了解如何科学地吃饭。冷泉，你知道你的身体缺什么营养，什么营养过剩吗？”

冷泉挠挠头：“这得去医院检查后才能知道吧？”

肖雅雯拿过冷泉手里的“知识海洋”，调出体内营养成分检测程序，让冷泉朝屏幕上吹口气。

“知识海洋”屏幕上，立即显示出冷泉体内的营养成分表。

肖雅雯指着屏幕说：“同学们，绿色区域显示营养正常，红色区域显示营养缺乏。你们的家庭条件都很好，吃得也不错，但是，你们体内的营养，有的极度过剩，有的极度缺乏。以后你们要结合自己的身体情况，科学地选择饮食，才能拥有健康的身体和精神状态。”

少年们觉得很有趣，纷纷用“知识海洋”检测自己体内的营养成分，然后对照大屏幕上的菜谱，选择自己应该吃什么。

肖雅雯说：“同学们，现在很多疾病越来越低龄化，比如十几岁就患有糖尿病、痛风等老年病，小学生患上抑郁症。为什么呢？都是各种不健康的生活方式导致的。在疾病面前，任何人都不要存在侥幸心理，没有人是例外。你们要想成为科研精英，就得有超级健康的身体和十分健全的心理，否则，你们可能就会被一种病毒、一种负面情绪打败。”

许彦波说：“同学们，我们不仅要在这里学习，还要参与各种科研工作，要走遍大江南北、世界各地。可能进入高原、冰川，甚至无人区。没有健康的身体和健全的心理的人，肯定会被淘汰的。至于你们怎么吃，吃什么，你们自己决定。”

十几公里外，一群人也在做貌似相同的事情。

马晓寒资历尚浅，还不能进入“生活 1900 生态园”核心圈，但她可以参加外围活动。

这天，方喆带领马晓寒和其他志愿者，来到他们在城中村组建的食物互助社——一些家庭自愿结合，轮流做东，给大家做家常饭。

一条支线铁路从村里经过，两边都是临时搭建的违章建筑。

天太热，这里的农民工在路边空地上摆上桌椅和厨具，准备做饭。

方喆在显眼的位置挂起写有“只吃食物，拒绝食品”的条幅，然后和志愿者在条幅下合影，上传微信朋友圈。

他们口中的“食物”，是指用自己采集或自己种植的绿色食材，由自己加工而成的食物；由食品工厂生产、加工而成，在各大超市、便利店销售的成品食物，就是食品。

他们的“食物权利运动”主张，在城区很难获得支持。因为住在城区的人，根本没有时间做饭，或者根本不会做饭。他们不是在食堂、饭店吃饭，就是点外卖。

于是，他们来到城郊，在郊区的农民工中做宣传。

他们利用老人爱占便宜的心理，从“生活 1900 生态园”运来食材，或者从其他生态农场采购淘汰的食材，运到城郊，低价兜售。

他们劝导农民工，不要吃鸡鱼肉蛋，理由是饲养牲畜或家禽会增加碳排放。为了让农民工相信，他们拿出各种数据，如 7 头牛造成的污染相当于 1 辆轿车尾气排放量；10000 条鱼对水质的污染，相当于一个小型化工厂……

“师兄，价格这么低，韩老师的农场会不会赔光啊？”马晓寒看了看微信收款账单，低声问方喆。

方喆毫不在乎地说：“韩老师不图赚钱，而且农场依靠志愿者义务劳动，基本没有人工成本，不会亏的。”

销售完食材，他们开始做饭。

马晓寒从小吃“食品”长大，根本不会做“食物”。方喆手把手教她和面、擀面、切面条。

她学了半天，也掌握不了要领，切出的面条基本都断了，煮熟之后，还变成糊糊状。

“用这么长时间做这么难吃的东西，值得吗？”马晓寒端着缺油少盐、没有调味品的面条问。

“凡是快捷、方便的东西，都是有害的。”方喆对韩津顶礼膜拜，对韩津的理念自然无条件接受并宣扬，“看看城里那些人，都退化到什么地步了？他们四肢不勤五谷不分，十分钟吃一顿快餐，花几个小时玩手机，也不愿花半个小时做一顿可口的饭菜。他们啊，已经成为城市的寄生虫，无限度地透支城市的生态环境和自己的健康。”

对于方喆的话，马晓寒半信半疑。她每周参加三次宣传活动，回到家里，总感觉饥肠辘辘，见什么吃什么。她父母认为她患上甲亢，要带她去医院接受检查。

让她产生挫败感的事，不是父母认为她的健康出了问题，而是好不容易组建起来的“食物互助社”，根本没有发生实质性改变。

农民工听不懂他们所说的大道理，只想蹭他们的免费饭。农民工吃了几顿，没有力气干活了，又偷偷地买熟食和香肠吃。

最可气的是，农民工担心孩子营养不良，又购买各种肉类食品给孩子吃。

对此，方喆很生气，但不灰心。他认为，让愚昧落后的人接受先进的生活理念，肯定还有很长的路要走。

体能训练室内，光线暗弱，隔音效果极好。

少年们在肖雅雯的指导下，做生物反馈练习。这套动作类似僧人打坐，唯一的区别就是要面对“知识海洋”的屏幕，注意自己体征数据的变化。

按照要求，少年们挺胸、抬头、深呼吸，慢慢渐入冥想状态。“知识海洋”屏幕上的 4 条曲线，不断地下降……

半小时后，室内灯光全部亮起，少年们结束训练，个个神清气爽。

集合之后，肖雅雯说：“大家做得不错，精神状态变化很大。以后，无论学习还是工作之后，只要你们感觉精神状态不佳，就做一次生物反馈练习。理论上，半小时的训练效果，比深睡 3 个小时还好。”

“这是气功吗？”曲哲好奇地问。

“不是。这是生物反馈练习。下面，咱们去健身房，接受另外一种方式训练。”肖雅雯说完，把少年们带到健身房。

她拿出一个盒子，从里面掏出一张形似创可贴的东西，说：“这是无线传感器，在运动中监测运动者的生理各项指标。你们换上运动服后，把它贴在左胸、右腋下、左手腕上。嘉娜，你给大家分一下，每人3张。”

嘉娜拿出一张反复观看，问：“肖老师，这种高科技产品应该很贵重吧？运动中会不会损坏呢？”

肖雅雯说：“这是一次性印刷电路板，非常便宜。你们用完之后，扔到可回收垃圾箱里就行。”

为了保证少年们贴得准确，许彦波带领男少年走进更衣室，逐一帮他们贴好。

“许老师，您也带领我们上课？”因为许彦波忙于其他事务，少年们很少见到他。张凡以为他不参与教学，好奇地问。

“我这些天要处理一些事务嘛。放心，只要我有时间，就会和你们在一起的。同学们，体能锻炼非常重要，你们千万不要忽视。”许彦波说完，从“知识海洋”里调出一张照片，“你们看看，这个人是谁？”

少年们围过来看了几眼，猜测照片中的人是许彦波的哥哥。

照片中的人，比许彦波胖一圈，不仅挺着大肚腩，还比他显得苍老。

许彦波摇摇头："你们都猜错了，这个人就是读大学时的我。"

少年们纷纷表示不相信。

原来，大学时期的许彦波，是标准的宅男，不喜欢运动，体重 100 公斤，还有各种因肥胖引发的疾病。他为了追求肖雅雯，才选择健身，并坚持到现在。

"许老师，健身能让人变得阳光帅气吗？"冷泉问。

"不止阳光帅气，还能培养一个人的意志力、征服欲，总之，健身能给人带来很多意想不到的变化。"许彦波说。

"许老师，听说咱们研学班是培养科学家的。科学家有一个聪明的大脑就行了，用不着锻炼身体吧？我父母说，只要我考试得高分，什么都不用我想的。"冷泉最讨厌锻炼身体，想找理由说服许彦波。

许彦波看了看所有少年，说："你们知道不？我国有一位著名物理学家，入选过国家足球队；还有一位著名医学家，打破过全国 400 米栏纪录。你们要知道，文体不分家，凡是体育方面出众的人，其他方面都不会差。强健的体魄，才是做好科研工作的保证。你们养成锻炼身体习惯之后，咱们再来讨论这个问题。走，让肖老师指导你们健身。"

少年们怎么都没有想到，他们的体能锻炼，竟然是从走步开始。更让他们想不到的是，他们每天都进行的简单走步，很多人的走姿竟然是错误的。

跑步机设置时速 4 公里 / 小时，从摆臂到落脚的角度，许彦波和肖雅雯都耐心地为每个少年一一纠正。

跑步机上有一个大屏幕，通过蓝牙技术，与每个少年的“知识海洋”相连，上面显示着每个人的心率、热量消耗、各块肌肉能量输出、肺活量变化等数据。最好玩的是，“知识海洋”还给出运动强度的范围值。他们可以结合那些数据，适当增加自己的运动强度。

让他们佩服的是，年近半百的许彦波，以 12 公里的时速，跑完 5 公里，竟然呼吸平稳，面不改色。

中间休息时，少年们围着许彦波，询问他为什么跑得这么快。

许彦波说：“你们可能不相信，我开始锻炼时，以时速 4 公里慢跑，都坚持不了 3 公里，整条腿火辣辣的酸疼，汗水能把内裤都洇湿。于是，我给自己定一个目标，每走 400 米，时速就增加 0.2 公里，每天增加 100 米。就这样，一年以后，我就能以 8 公里的时速跑完 5 公里了。同学们，你们将来要去极地、深海、太空等地，没有强健的体魄做保证，你们的梦想，就是简单地想一想。”

冷泉问：“许老师，我像您跑得那么快，不会猝死吧？”

“只要你每天像我那样慢慢增加运动量，肯定可以的。这是征服的过程，你会体验到每天进步一点点的乐趣！”许彦波摸了摸冷泉的头。

肖雅雯给少年们讲述一个故事。

苏联宇航员列昂诺夫完成太空行走壮举，返回空间站时，太空服出了问题，把他死死地卡在舱门口。

列昂诺夫凭借过人的身体素质、强大的体能，硬生生地在直径只有 1.2 米的筒舱里转了 180 度，勉强关上舱门。整个过程，虽然只有十几分钟，但他却因为呼吸加剧，汗液横流，体重速降 5.4 公斤。

“普通人体重突然下降 5.4 公斤，肯定是无法承受的。列昂诺夫因为练过击剑，打过排球，划过帆船，接受过各种科学训练，关键时刻挽救了他的生命。”肖雅雯总结道。

“如果他无法进入空间站，会怎么样？”李千雪问道。

“他会成为一颗肉体卫星，围绕着地球永远转下去。”肖雅雯说。

“哇，没想到，科学研究要求这么高啊……”少年们七嘴八舌地感叹道。

“科研是勇士从事的职业！”肖雅雯郑重地说。

每天至少有一个小时，少年们要在健身房或者操场上度过，让他们感觉有些吃不消。在他们就读的学校里，体育课就是放松娱乐课，没有任何强度，也没有任何危险。在期末复习那段时间里，还被其他学科代替。

这些高智商的少年，在“知识海洋”的引导下和两位导师的帮助下，无论哪一科，都能轻松领悟并掌握，唯独体能训练，却成为他们无法逾越的高山。

坚持几天之后，少年们当中，除了冷泉，其他人看到跑步机，就像看到老虎一样恐惧。

肖雅雯以身说法。她告诉少年们，她一岁多，刚学会走路，父母带她到楼下玩。她要父母抱她，父母却不同意。

父亲说，他可以抱她走，但是只能抱到前面那棵树下，然后让她自己走到另一棵树下。她为了让父亲抱她就同意了。就这样，父亲抱他走 50 米，她就要走 100 米。

经过这样的锻炼，她比同龄人都能走、能跑。5 岁时，逛北京动物园，她都不用父母抱一步。

她告诉少年们，人的潜力是无限的，只是你们懒得开发和利用。只要你们每天坚持锻炼，一个月后都会有惊喜。

冷泉一直坚持锻炼，每天都练到大汗淋漓。肖雅雯让他告诉同学，他为什么坚持锻炼。

冷泉说，他父母是化工设计院的研究员。他们对他的要求，就是学习成绩保持全年级前三名，考入市重点中学，大学要读双一流。在其他方面，却对他很少要求或者不做要求。

上学后，他的各科成绩，门门优秀，还连跳两级。但是到了初中，他的身体由于缺乏锻炼，因肥胖引发了各种疾病，很多都是老年病，不得不休学治疗。

“我们这么小，怎么会患上老年病呢？应该不会出现这种情况吧？”很多少年都不相信冷泉的话。

肖雅雯问：“你们身边是不是有一些聪明的孩子，在小学、初中都非常优秀，但因为学习压力过大，都患上抑郁症，甚至自杀了呢？这是因为，他们都是高智商、高情商的孩子，但在 12 岁前，缺乏体能锻炼，身体机能没有得到全面开发所致。”

少年们的身边，或者亲戚当中，这样的抑郁症患者确实逐年增多，且很难治愈，不得不休学休养。

“肖老师，我表姐就是这样。她 16 岁就患有抑郁症，大学都没考上。”冷泉说，“据说患上那种病，就像掉进深不见底的黑洞里，怎么都爬不出来，唯有一死才能解除痛苦。”

肖雅雯说：“我们是动物，就得动起来，不然就会成为植物的。”

快下班时，李汉云告诉杨真，下班后要她到他家去，有重要事情商量。

什么重要事情，不能当面说，非得到家里说呢？

读研究生时，作为李汉云的学生，杨真经常去李汉云家里，或讨论问题，或同学聚会。自从李汉云成为她的领导，为了避免不必要的麻烦，她几乎没去过他家。

来到李汉云家，杨真发现李汉云和师母沈玲心事重重地坐在沙发上。

“局长，师母，有什么事吗？”杨真不安地坐到他们对面的马扎上。

“最近，你和李宵联系过吗？”在法院工作的沈玲问道。

李宵是李汉云的独生子，比杨真小很多。她读研时，李宵读高二，她闲暇时就过来辅导他学习。由于他们长期在一起，情窦初开的他，暗恋过她。

李宵去美国读书时，把自己暗恋杨真的事情告诉了沈玲。爱子心切的沈玲，为此找到杨真。杨真认为他们年龄差距太大，委婉拒绝。

李宵承受不了这种打击，天天寻死觅活地闹。沈玲没有办法，便把李宵送到美国读书。

李宵没有选择和父母工作有关的专业，而是进入美国加州影视学院，学习导演专业。

在学生获得奥斯卡奖数量最多的学府里，李宵并没有专心攻读，而是醉心于生态保护。他多次告诉沈玲，外国同学把中国称为基建狂魔、工业怪兽，让他深感耻辱，并发誓要改变这种现象。

对此，沈玲并没有放在心上。她认为，李宵三观未定，难免会受周围人影响。等他毕业后走上工作岗位，体验到生活不易，一切不攻自破。

她没想到的是，李宵竟然放弃学业，跟随一个教授远赴巴西，煽动当地人阻止只能满足 200 万家庭用电的伊泰普水坝扩建工程。

“老师，谁都年轻过。他闹几年，再经历一些事情，可能就踏实了。”杨真委婉地说。

“怕的就是这个！”李汉云非常激动，“有感情没知识，有原则没见识。经不起别人蛊惑，辨不清是非。年轻不是犯错的理由，冲动才是魔鬼！”

沈玲悄悄拉了拉李汉云的衣角，示意他不要冲动。

她说道：“李宵从出生到现在，一直生活在物质富足的家庭里，拥有独生子的通病，喜欢读某些公知的文章。他根本不知道，大部分西方国家，组团联手遏制我国工业发展，就是希望我国一直处于供应链底端，心甘情愿地接受他们的盘剥。西方国家经常挥舞着‘人权’‘生态’大棒，压制任何一个有发展潜力的国家发展。这一点，李宵根本看不到，还跟他们瞎胡闹。”

“我们是不是可以通过视频、邮件等方式，帮他看清外国那些人的真实嘴脸呢？”作为警察，杨真对境外敌对势力的意识形态渗透，多少还有一些了解。

“所有办法我们都用过了，包括停供生活费。”沈玲无奈地说，“他好像被洗脑了，什么话都听不进去，还骂我们是工业魔鬼的帮凶走狗。”

“局长，师母，你们不要着急。咱们一起想办法，一定能把他拉回来的。”杨真意识到，一旦李宵被别有用心之人利用，在网上发表辱华言论，或者甘心成为某些组织的工具，会影响局长的声誉。

休息片刻，师生们回到电化教室。

教室前摆放着10个拉杆箱，上面都挂着一件特殊外衣。

少年们站成一排。肖雅雯拿起一件外衣：“同学们，这是按照科考专用服装标准，为你们量身订制的衣服，面料由甲壳素制成，耐磨、抗划、防水防火，透气保暖，科技含量颇高。你们每人一件，自己领取。”

少年们走到标注自己名字的拉杆箱前，拿起那件特殊上衣查看。

“太好了，我再也不用穿那种既不好看、又不舒服的校服了啦！”嘉娜穿上特殊上衣，兴奋地转着身。

少年们换好上衣后，在肖雅雯面前站成一排。

肖雅雯问：“同学们，穿上这件上衣，感觉如何？”

“舒服！”少年们异口同声地说。

“既然如此，你们现在就在‘知识海鲜’上查一下，制作这件衣服的甲壳素，越详细越好。”

特殊上衣的舒适性，引发少年们的好奇心，纷纷在“知识海洋”上搜索甲壳素以及与它相关的知识。

夏荣第一个回答：“甲壳素是从虾、蟹和甲虫体内提取的物质，其分子结构类似植物纤维素……”

“夏荣回答得很准确。谁还有补充？”肖雅雯鼓励少年们继续说。

彝族少年阿力赤回答：“提纯后的甲壳素呈白色，不溶于水……”

自从母亲出事后，曲哲就一直在研究医学，掌握了很多医学知识。他回答道：“甲壳素可以做外科手术缝合线，有助于伤口愈合。”

……

少年们不但查阅了甲壳素的相关知识、适用范围等，还结合自己的想象，大胆推测其他用途。

肖雅雯满意地说：“同学们，这次你们表现得非常棒。希望你们以后也是如此，积极利用‘海洋知识’解决你们看到、想到的问题。”

这时，许彦波走进来，让少年们在自己舒服的位置坐好后，在“知识海洋”里找到《人生规划表》。

少年们发现，这张表竖向有 5 列，分别是“年份”“年龄”“任务”“资源”“总结”；横向共有 30 行，每行是一年，从现在开始，一直到 30 年。

许彦波提示，第二列“年龄”，是少年们的真实年龄；第三列“任务”，是他们在对应的年份里计划完成的主要任务；第四列“资源”，是他们完成这些任务需要的条件；第五列“总结”，需要在对应年份年终填写，标明上述任务完成、调整、延续或取消的真实情况。

许彦波说：“根据人口统计表明，将来我国人均寿命能达到100岁。这个表格暂时设置30年。你们的任务，就是规划今后30年要完成的任务，然后把它们一一落实。”

没有上学的少年，别说30年，连下个月做什么都不清楚。

学习成绩好的少年，目标也仅限于考哪所中学，考入全国知名大学而已。至于考上大学以后学什么专业，毕业后从事什么工作，想都没想过。

少年们看着人生规划表，都是一脸茫然。

“这份作业，需要我们什么时候提交？”宋梓馨问。

许彦波说：“不着急。你们想不清楚，就不要勉强填，更不能为了交作业乱填。表格里的内容，必须是你们的真实想法。你们实在不知道一年内做什么，可以先写一周、一个月的计划。总之，你们必须对自己的人生有规划，然后认真落实。”

……

研学班的集体活动虽然花样繁多，但针对性都很强，几乎都在有意培养少年们的独立意识和解决意识。

大部分时间，少年们利用“知识海洋”，结合课堂上遇到的问题，自己寻找解决办法，然后在小组内讨论，并达成一致意见。

晚上，少年们回到宿舍，洗漱完毕，按时上床。

冷泉从未经历过这样高强度的学习，身体虽然疲惫，大脑却很兴奋，难以入睡。

不知道躺了多久，他实在睡不着，便坐起来，发现许彦波站在门口，盯着“知识海洋”。

他悄悄下床，走到门口：“许老师，您还没睡？”

许彦波指着屏幕上面的 5 道波形：“我在监测你们的脑电波。你和罗佳亮一直没睡。等你们都睡了，我再睡。”

能吃能玩的罗佳亮，却有睡眠困难症。他从小爱玩电子游戏，经常背着父母玩通宵。父母曾经把他的手机没收，因此和父母闹得很僵。

研学班宿舍有严格的作息时间，许彦波和他们同住。

罗佳亮上床之后，久久无法入睡。

许彦波让他白天增加运动量，晚上早些上床，听舒缓的音乐，冥想。这个办法确实很有效，不久他的睡眠困难症就消失了。

第四章

走出围墙

“你比别人更自律，获得的自由就更多！”

招生时，许彦波、肖雅雯对每个少年都强调过这句话。他们入学后，非常期待踏上云游研学之旅，放飞渴望自由的身心。

令少年们遗憾的是，他们进行很长时间的适应训练，身体各项指标还达不到研学要求。

许彦波说：“研学是集体活动，每个人的身体机能必须全部达标之后才能出发。团队中存在任何短板，都会影响研学的进程和质量。”

要想让身体机能全部达标，科学的锻炼和合理的饮食缺一不可。

来自各地、不同家庭的少年，从小养成的饮食习惯就不一样。他们喜欢吃的东西，即使再无营养也拼命地吃；他们不喜欢吃的东西，即便再有营养也视而不见。

为了纠正他们的饮食习惯，一天午饭时，许彦波和肖雅雯在少年们的餐桌上，只摆放一碗米饭和一碗清澈见底的水。

少年们不解，你看看我，我看看你，最后目光都落在许彦波和肖雅雯身上。

他们和少年们一样，面前只有一碗米饭和一碗水。他们吃一口米饭，喝一勺水，细细地嚼着。

少年们见导师如此，也就跟着吃。

碗里的水，不是普通的水，鲜中带咸。不过，靠它吃完一碗米饭，对少年们来说，难度确实不小。

许彦波和肖雅雯很快就吃光了那碗米饭，喝光了那碗怪异的水。

许彦波看了看少年，指着面前的碗问："同学们，你们知道这碗水是什么吗？"

少年们纷纷摇头。他们确定，连他们具有高学历的父母都未必知道。

许彦波说："中国曾经有一段时期，生活物资非常匮乏，老百姓都填不饱肚子，于是就发明了这种水。它有个俗称，叫‘玻璃汤’，就是在开水中放入盐、味精，条件稍微好一点儿的家庭，还能加点儿青菜叶。我们的前辈当年就是依靠它，度过了那个困难时期。

“中国有14亿人口，吃饱饭是一项令人难以置信的大工程。无数科学工作者，通过孕育良种、研发先进的化肥农药，寻找科学的灌溉、冷藏、防腐技术，才保证粮食年年增产、年年丰收，不但保证中国人吃饱，还能保证中国人吃好。”

“经济非常发达的中国，怎么会有那样的时期呢？”少年们难以置信。他们更无法想象，靠这种东西怎么能吃饭呢？

肖雅雯说：“新中国就是从一穷二白、西方各国严厉封锁的条件下发展起来的。无论在何时何地，任何中国人都不能忘记曾经的苦难。忘记自己怎么来的，就不知道自己要到哪里去。以后这样的贫困生活体验课，每两周有一次。现在我要求，你们必须吃光面前那碗饭，喝光那碗水。”

10个少年艰难地吃下那碗饭，喝光那碗水，都感觉到食管和胃部有种灼烧感。

贫困生活体验课，也没有改变夏荣的挑食习惯。

中午，少年们吃完饭洗餐具时，她还在慢慢地吃饭。

肖雅雯坐在她对面，满脸微笑地看着她。

“导师，实在不好意思，我已经很努力了，还是吃得很慢。北方的饭菜又咸又硬，我实在咽不下去。”

罗佳亮洗完餐具，经过她们身边。

肖雅雯指着罗佳亮，对夏荣说："夏荣，从你老家湖南到北京，只有一千多公里。从小吃西餐的罗佳亮，从他的家乡到北京，有一万多公里呢。"

"美国有什么好吃的？他吃中餐，就算吃美食了。"夏荣不屑地说。

罗佳亮听夏荣这么说，有些不服气："只要能填饱肚子，我什么都能吃。"

夏荣说："你就吹牛吧！有本事你试试我们的湖南菜。我就不信你能比我吃得快。"

罗佳亮马上接受挑战："如果我能吃湖南菜，以后你就不能再挑食，影响我们整体的就餐时间。"

少年们见他们相互叫板，纷纷围上来起哄。

肖雅雯认为这是改变夏荣就餐习惯的好机会，便和许彦波商量，晚餐改做湖南菜，让少年们尝试一下。

晚饭时，夏荣先点了一盘松花蛋。她觉得，无论松花蛋的颜色还是味道，都会让罗佳亮望而却步。

罗佳亮用筷子夹起一块松花蛋，送进嘴里，慢慢咀嚼，脸上是非常享受的表情。咽下去之后，他耸耸肩，摊摊手，示意夏荣继续。

夏荣点了泡椒凤爪。

罗佳亮戴上一次性手套，津津有味地一个接一个地啃："其实这不是湖南菜，是四川菜。我家邻居就是四川人，经常做这种美食。我为了吃到它，周末经常自购鸡爪让她做。”

夏荣有点儿不知所措。

李千雪附在夏荣耳边，低声说：“外国人不吃动物内脏，也不能吃辣椒，给他来个二合一。”

于是，夏荣就点了一个单人麻辣小火锅，配上鹅肠、牛肚和脑花。她一边涮火锅，一边得意地看着罗佳亮。

谁也没想到，罗佳亮见到火锅居然非常兴奋，熟练地夹起鹅肠，在火锅里涮了涮，再蘸好调料送入口中。

李千雪低声告诉罗佳亮：“别死撑了，你根本没吃过这种麻辣火锅。”

罗佳亮没有说话，拿出手机找出他们全家人在重庆吃火锅的视频，用重庆话说：“要得，要得！”

夏荣见麻辣火锅也难不住罗佳亮，起身跑到橱窗前，和师傅低声说了一会儿，然后回到餐桌前，一副必胜的表情。

罗佳亮把双臂抱在胸前，一副接受任何挑战的表情。

10 分钟后，一盘炸蚕蛹摆到他们面前。

罗佳亮盯着黑中带黄的蚕蛹，不知道是什么东西，面露为难神色，看了看身边的李千雪、张凡和阿力赤。

李千雪盯着蚕蛹，一脸惊诧：“这是猫屎吧？怎么和我家花猫拉的屎一样？”

张凡赶紧捂住鼻子。

阿力赤拿起筷子，夹起一个蚕蛹送到嘴里，咬了几下：

“香，太香了！”他说着，就去夹第二个。

罗佳亮鼓足勇气，把蚕蛹送嘴里，咀嚼几下。阿力赤果然没有骗他，这种卖相超级难看的东西，居然这么香脆。他一连吃了好几个，让夏荣几乎惊掉下巴。

肖雅雯乘机说道：“同学们，你们一定要记住，你们看到的，不一定是真相；陌生的，不一定就不友好；好看的，不一定就善良。”她夹起一个蚕蛹，“这东西，看上去很丑陋，其实非常有营养。”

夏荣说：“老师，我一定能改掉我的饮食习惯。我现在已经认识到，我未来的活动范围，不可能局限于湖南、中国，应该在世界各地。世界各地不可能因为我一个人做出改变，我只能让自己适应世界各地。”

罗佳亮带头为她鼓掌。

许彦波见少年们比较活跃，说道：“同学们，我们克服自身的困难，还是相对容易的。最难的是，在陌生环境和陌生人如何打交道。现在你们从自我介绍开始，学会如何让陌生人尽快接受自己。罗佳亮，你来自美国，就从你开始吧，给同学们介绍一下自己。”

罗佳亮一点儿都不紧张，站起来扫视身边的少年，坦然地介绍自己的英文名叫威廉·罗森塔尔，住在美国马萨诸塞州剑桥市，他家和哈佛大学只隔 3 个街区。

“这本书就是我爷爷的著作！”罗佳亮从书包里拿出一本

英文原著、一本中文译著，书名叫《上帝之谜》，“我爷爷是许老师的博士生导师，美国新无神论运动倡导者，他在这本书里宣传无神论，批判伪科学。”

经过罗佳亮介绍，少年们得知，他家三代人都是科学家。每年寒暑假，他家作为寄学家庭，都会接收很多中国孩子。他教中国孩子学英文，他向中国孩子学中文。

夏荣问道：“你爷爷是哈佛大学的博士生导师，按理说你会轻松进入常春藤盟校，为什么还跑到中国读这个没有任何知名度的研学班呢？”

罗佳亮说：“美国虽然是科技非常发达的国家，但是很多人并不相信科学，甚至盲目地反科学。譬如，他们认为疫苗是政府控制他们的生物芯片，通信基站具有严重的辐射性。在美国，大部分人已经失去思考的能力，盲目迷信人为制造的谎言。美国财阀为了一己之私，把大部分人变成文盲式的民粹、狭隘的种族主义者。曾经的科技王国，已经成为科学的沙漠。父母告诉我，中国每年培养的工程师，已经是美国的8倍，所以我才来到这里，接受真正的科学教育。”

“8倍？美国可是拥有非常多的著名大学啊，怎么可能这样呢？”夏荣怀疑自己听错了。

罗佳亮肯定地说：“没错，就是8倍，这还是去年的统计数据。就连印度，都已经是美国的2.5倍。”

罗佳亮介绍完毕，尚初宇带头鼓掌。

罗佳亮转身指着张凡：“这位同学，看你的相貌，应该来自欧美国家，你应该能证明我所言不虚。”

张凡摇摇头：“大家听我的口音就应该知道，我是地道的北京胡同孩子。”

“张凡，你向大家介绍一下自己吧。”许彦波冲张凡大声说。

张凡站起来，紧张得不停搓手，好像参加重大比赛似的。

自从他决定入学，就一直在设计如何向同学介绍自己。经过几天相处，这里的平等、自由、纯洁的氛围，打消了他的顾虑。

他调整一下思绪，大声说：“从清朝起，我家祖上就住在西城区。不怕你们笑话，我爷爷就是传说中的‘老炮儿’，但他后来成为大学教授。我爸爸是英国人。我生在北京，长在北京，跟英国没有任何关系。”

“老……炮儿？”罗佳亮在网上看过《老炮儿》电影，“你爷爷是黑社会吗？”

“说大侠也可以。”张凡说，“就看你从哪个角度去理解。”

张凡把自己不光彩的经历讲出来。为了隐瞒宋梓馨的身世，他省略了境外冒险那段。

“你还做过扒手？”嘉娜难以自信。

“我可不是普通的扒手。我研究安防、监控、门禁、生物识别技术。”张凡自豪地说。

“你为什么加入研学班？”曲哲好奇地问。

“掌握更多自己不知道或者不具备的技能。”张凡的回答很精练。

在10个少年当中，张凡动手能力是最强的，任何仪器他都想弄清楚。他领到“知识海洋”那天晚上，就偷偷地把它拆开，想知道它为什么能提供那么多知识。

结果，他拆解完毕，也没有弄清是什么原理。重新安装之后，“知识海洋”便陷入瘫痪状态。没办法，他只好求助许彦波。

一直沉默的宋梓馨，听完张凡的介绍，奋力为他鼓掌。

少年们并没有因为张凡不光彩的过去而歧视他，反而认为他是英雄，纷纷为他点赞。

这是张凡没有想到的，感动得热泪盈眶。

他们是何许人？人中龙凤不会在乎细枝末节！

许彦波没想到张凡能够如此坦诚，也没想到少年们如此包容。少年们的思想境界，可能远远高出某些成年人。

他内心无比激动，和每个少年击掌、拥抱。

没有公共课时，10个少年就按照自己的爱好、需要，到图书馆、自习室，甚至校园里，在“知识海洋”的帮助下自学。

他们掌握知识的进度，经过“知识海洋”分析、研判后，实时传到许彦波和肖雅雯的“知识海洋”上。他们再针对每个少年的短板，给他们提供解决办法。

年龄最小、身高最矮的宋梓馨，和其他少年相比，学习成绩却是最好的。入学之后，她已经学完高二的课程，但是明显不合群，许彦波和肖雅雯就拿出更多的时间陪伴她。

许彦波为了改变她的社交恐惧症，就让热情、活泼的张凡、嘉娜和李千雪陪伴她，主要求她给他们补功课。

肖雅雯悄悄告诉宋梓馨：“论学力，你是他们当中最棒的。张凡、嘉娜和李千雪学习能力比较差，你一定要帮助他们。”

任何孩子都希望获得自己的存在感，宋梓馨也一样。她见张凡、嘉娜和李千雪对自己非常友好，就主动辅导他们学习。哪些知识点他们没有想通学透，她就以最直接最有效的方法辅导他们。

许彦波把宋梓馨的变化告诉了杨真。

杨真这时才相信，给予孩子特殊的关心，不如给予她特别的信任。

少年们要参加中科院心理所的音乐对情绪调节功能的试验。

这种试验不算新鲜。打开知网或者维普资讯，能搜出几百篇相关论文。来自中外很多研究团队的那些课题里，只研究哪些音乐可以放松、减压，调节自主神经紊乱。

这种试验与那些研究不同，他们要让音乐提神醒脑，让人振作精神。他们要进入一个完全不同的音乐世界。

少年们每周去中科院心理所两次，戴上耳机，接上生命检测仪，坐在那里静静地倾听《神圣的战争》《红军最强大》《亡灵组曲》《克罗地亚狂想曲》《从头再来》《醉拳》。

这些音乐是狂风，是暴雨，是精神上的催化剂。

参加试验的人不止他们，200 个人试听上千首歌曲、电影插曲和伴奏曲，从中选出最能提神的 50 首歌曲。少年们把这些曲子下载到“知识海洋”里，每天起床先听一曲，待自己精神振奋之后再学习。

美术课堂上，少年们从写生开始，用电子笔在“知识海洋”上作画。美术教师并非来自艺术院校，而是从中科院自然科学史研究所请来的学者。那里有一个课题组，专门研究绘画中的科技史。

在这里，少年们要像摄影技术出现之前的科学家那样，为动植物和地形地貌画素描。他们还要欣赏张择端的《清明上河图》、梵高的《蒸汽时代》和伦勃朗的《解剖课》。从世界名画中了解科技发展史。此外，他们还要临摹当代画家绘制的科学幻想画。

除普通教材中的语文课，研学班还要学习文艺经典著作。这是卢红雅的专业，她抽出时间，在自己的书房里给 10 个少年上课。

她的书房里，与墙等高的书架上，摆满 3 万册各种图书。

今天，卢红雅给少年们讲解《尚书》中的《盘庚》。她告诉少年们，盘庚是商朝的君王，平生最大功绩不是征服异族，而是带领国民迁都。

上古时代，生产力低下，为了生存，村镇的村民经常整体迁移。如果当时他们不到处迁移，华夏文明就会像南美的马丘比丘、柬埔寨的吴哥窟、印度的摩亨佐达罗，从曾经辉煌最终沦为废墟，会让萌芽状态的文明消失在历史长河中。

盘庚能预见危机，并提前解决，可大部分臣民安于现状。所以，盘庚不得不动员臣民，甚至恩威并举，软硬兼施。

《盘庚》就是记录盘庚劝说部落贵族迁都的文章。

卢红雅通过《盘庚》这篇古文，启示少年们，他们已经跨过科学之门，如果继续走下去，达到高深的地方，他们也会成为盘庚。别人看不到的，他们能看到；别人想不到的，他们能想到。这时候怎么办？他们要带领后知后觉者前进，甚至推动后知后觉者前进。这会很难、很累，但是值得做，他们也必须去做。

研学班的 10 个少年，除了学习基础知识，还要参加行为训练。

他们的行为训练从身边的日常生活做起，比如打扫卫生。他们不仅要打扫宿舍、电化教室和餐厅的卫生，还要帮助保洁员清扫厕所。

许彦波和肖雅雯经常检查少年们打扫过的窗台干不干净、地上还有没有纸屑……只要发现他们做得不彻底、不到位，都一一指出，并予以纠正。

很快，少年们迎来进入研学班的第一个周末。

许彦波和肖雅雯建议家在北京的宋梓馨、张凡、尚初宇、嘉娜和李千雪，带领来自外省市的冷泉、曲哲、阿力赤和夏荣游览北京的故宫等景区。

尚初宇提议，她请大家去海鲜自助餐厅吃饭。

许彦波把她叫到一边，叮嘱道："你们出去游玩或者吃饭，必须实行AA制。这是研学班的制度。"

尚初宇对许彦波的建议表示难以理解。

入学前，尚磊告诉许彦波，尚初宇对钱没有概念，且喜欢成为别人关注的焦点，经常视金钱如粪土，充当"义薄云天的好大哥"。他担心，她再这样下去，很难交到真朋友。他希望在许彦波的帮助下，她能改掉这个坏毛病。

尚初宇说："老师，我有的是钱，让他们高兴一下不行吗？"

许彦波严肃地说："你的钱，还不是你爸爸给的嘛，没有一分钱是你自己赚的。咱们这里不提倡用父母的血汗钱刷存在感。再者说，你的慷慨，会让他们忘记感激和敬畏。"

尚初宇问："我怎么做，或者做什么，才能让他们认可我呢？"

许彦波说："帮助他们实现自己的理想。"

马晓寒钻进小胡同，在拐角处上了一辆轿车，见到杨真。

身为卧底，她不能公开出入高科技犯罪侦查局。即使和杨真碰头，也要回避熟人。

杨真见马晓寒的脸上呈现菜黄色，大吃一惊：“小马，你的脸色不太好，病了？”

马晓寒摇摇头：“里面规矩太多，不让吃肉，也不让喝牛奶。”说完，她掏出一块奇怪的手工织物，递给杨真，“以前同事不让女生去那里，现在我知道原因了。”

杨真接过手工织物一看，是用棉布缝制的长条状袋子，里面裹着筛过的草木灰：“这是什么？”

“里面的人认为卫生巾里含有化学成分，卫生纸里含有漂白剂，只允许用手工制作的草纸。那种纸呈黄黑色，里面夹杂着稻草的碎末，非常粗糙。我这辈子头一次见到那玩意儿。即便这样，也不是随便一个人都能加入他们的团队，女生要通过一些考验，才能录用。”马晓寒哭丧着脸说。

“待完成任务后，我给你多申请点儿补助。”杨真心疼地说。

“算了吧。咱们局的任务，就没有简单的。我可不想搞特殊化。”马晓寒说完，就向杨真讲述了里面的一个生活片段。

有一天，在“食物互助社”里，几个志愿者觉得菜品太单调，就去外面一家有机食品店买来几根黄瓜。黄瓜又长又大，方喆怀疑是太空育种的产物，不属于“纯天然”，严厉地批评了购买黄瓜的志愿者。

他们为此展开争论，谁也不服谁，志愿者便决定退出

“生活 1900 生态园”。这类事情不止一件。马晓寒见多了，判断这伙人就是一群乌合之众，除了韩津的几个心腹，志愿者都是走马灯似的更换。

“听韩津的心腹们说话，就像听笑话。我真想不明白，那些高知怎么会当真呢？”马晓寒无奈地感叹道。

杨真给马晓寒讲起李宵的事儿。

马晓寒听罢一愣：“李局长的孩子怎么会搅进去呢？”

杨真说：“我认识李宵很多年，比较了解他。坑蒙拐骗、投机取巧的毛病，他都没有，他甚至比一般年轻人还有正义感。现在我意识到，看似人畜无害的主张，只要挂上‘正义’的幌子，很多年轻人对它根本没有免疫力。”

马晓寒笑道：“我也担心被他们洗脑。放心吧，我是长在红旗下的好孩子，没那么容易被污染的。”

马晓寒交代完“生活 1900 生态园”的事宜后，下车回去了。

杨真回到家，见宋梓馨抱着一本《简明智力测验教程》，斜靠在沙发上，已经睡着了。她拿过一个空调被，盖在宋梓馨身上。

杨真拿起《简明智力测验教程》翻了翻，这是她在大学学习的教材。

她立刻想起沙阳，怔住了。

宋梓馨醒了，看到杨真坐在她身边翻看《简明智力测验教程》，马上坐起来。

“在这里睡觉会着凉的。”杨真把书放到一旁。

“妈妈——我们要放两天假——”宋梓馨揉着眼睛，没话找话。

杨真拿起书，问道：“梓馨，你喜欢心理学？”

宋梓馨点点头：“各种和生命有关的科学知识，我都喜欢。碳、氢、氧、氮、磷、硫，一堆无机物拼起来就成为一个生命，我想弄清里面的奥秘。”

肖雅雯曾经告诉杨真，她抽查宋梓馨的“人生规划表”时，发现宋梓馨已经把人生规划写到40岁。什么时候博士毕业，什么时候从事科研工作，什么时候做出第一项成果，都写得很详细。

肖雅雯问宋梓馨，你怎么不写什么时候恋爱结婚呢？

宋梓馨神色黯然，说她不能像正常人那样结婚。她的婚姻涉及种系遗传大计，不能和自己喜欢的人结婚。

宋梓馨见杨真走神，问道：“妈妈，掌握心理学知识，是不是就能洞悉别人的心理？”

“应该能。”杨真点点头，“我当年选修心理学专业，就是想帮助那些需要帮助的人。”

宋梓馨听罢，立即转移话题：“妈妈，打扫卫生为什么是行为训练呢？”

“一屋不扫，何以扫天下？许老师和肖老师，要把这句话变成一门课程。”杨真认真地说。

肖毅一家人除了没成年的肖姗，都知道宋梓馨的事。杨真就顺便把家庭成员介绍给宋梓馨。

“妈妈，你把我送进研学班，为什么不把肖姗送进去？”宋梓馨问道。

杨真说：“研学班的学生有一个硬性要求，就是高智商。虽然肖姗的学习成绩也不错，但都是补课补出来的，不符合研学班招生标准。”

“那——肖姗会不会嫉妒我呢？”

杨真觉得这个问题实在不好回答。

“妈妈，我去打扫卫生。”宋梓馨见杨真没有回答，以为自己说错话了，想起身回避。

杨真拉着她，郑重地看着她：“梓馨，她会嫉妒你的。她11岁，11岁的孩子连其他孩子拥有自己没有的玩具，都会嫉妒的。”

“我们还能成为好朋友吗？”宋梓馨担心地问。

“当然会啊。但是，你在她面前，最好不要讲研学班里的事情。你多关心她，她就会和你亲近的。”杨真拍了拍宋梓馨的肩膀，“研学班可能要外出研学了，你好好准备一下，把该带的东西全部准备好。”

少年们结束一个月的适应训练课后，即将踏上研学之旅。

研学班全体师生着装齐整，设备簇新，像一支整装待发的特种部队。

“科学种子工程”项目组给他们配备了两辆商务车，一辆车坐人，一辆车拉装备。男生把行李放进后面的商务车后，纷纷钻进前面的商务车，挑选自己喜欢的位置坐好，开始摆弄“知识海洋”。

女生艰难地往商务车上搬行李箱。

看到这种情形，许彦波钻进车内，对男生说：“小伙子们，我给你们讲一个知识点，你们要认真听听。儿童时期，男女生的力量差不多。到青春期，男生的力量就超过女生。成年以后，女性的肌肉力量只有男性的 70% 了。你们觉得我说得对不对？”

张凡第一个意识到许彦波在提醒他们，立即喊道：“兄弟们，咱们去帮女生搬行李。”

在他带动下，男生纷纷下车，帮女生搬行李。

冷泉见嘉娜抱着一个琴盒，问道：“这不是小提琴吗？”

尚初宇抢着回答：“我们嘉娜是文艺特长生，平时必须练琴。谁像你们，除了吃土还是吃土！”

“咱们出去搞科研好吗？带把琴干什么？”冷泉问。

嘉娜白了他一眼，没有说话。

冷泉吐了一下舌头，赶紧帮嘉娜搬行李箱。

装好行李后，少年们一起坐上车。这次，男生主动让女生坐在前面，他们坐到后面。

两辆商务车驶上高速公路，一路向北。

8个小时后，商务车进入山区，行驶在二级公路上，把少年们颠簸得要吐。

忽然，喇叭里传出《加勒比海盗》主题曲。许彦波拍手喊道："同学们，我们的目的地到了！"

尽管少年们已经对研学目的地做足功课，但看到眼前的景象，还是有点儿难以接受。

"我去过巴林杰陨石坑。那个陨石坑比这个深，但没这个宽。"罗佳亮望着车窗外嘀咕道（注释五）。

他们面前是直径1.8公里的陨石坑。

坑中间还有一个小村落。三年前，村民的祖祖辈辈还不知道自己生活在一个陨石坑里。

商务车沿着乡村公路驶入陨石坑，停在一处废弃的钻井口旁。

全体师生下车，站到钻井口旁边，听地质专家讲解。

几年前，地质勘探队在此打下勘探孔，从295米处找到撞击形成的超高压矿石。从那时起，地质界认定此地是中国第一个陨石坑。

地质专家推测，在5万年前，一颗直径50米的陨石飞入大气层，以20公里/秒的速度撞向地球，爆炸当量相当于1000万吨TNT。

鉴于附近发现 26 万年前原始人的生活遗迹，不排除当时已经有人类目击那次撞击。如果碰巧有人站在这里，会立刻气化。

地质专家告诉少年们，每年全球的地震仪都会记录至少一次原子弹爆炸级别的陨石撞击。平均每个世纪，就会有一次这种级别撞击。值得庆幸的是，那些陨石绝大多数落入海洋或者无人区。

如果陨石的直径超过一公里，就能摧毁半个中国。超过 10 公里，就会抹杀地球上 95% 的生命。

不只天体撞击，太空中还有超新星在地球附近爆发。170 万年前，有一颗超新星在距离地球数百光年的地方爆炸，亮度相当于月球。原始人应该目睹那次大爆发。12900 年前，有一颗陨石落在地球上，尘埃遮天蔽日几个月，地表迅速降温。那应该是迄今最后一次天文级别的灾难。

危险不仅来自太空，地球上还有超级火山大爆发，持续 10 万年之久。地表达到极热时，温度比现在高出 8℃；极冷时，中国大部分区域被冰川覆盖。因为这些巨型灾难，历史上出现过 5 次生物灭绝现象。

夏荣越听越害怕，低声问："以后还会发生这样的灾难吗？"

"不是会不会发生，而是不知道哪一天发生。"地质专家说，"我说的那些灾难，都可能再次发生，也许 50 万年，也许 50 年。”

少年们都沉默了。

地质专家带领师生们在陨石坑边缘考察地形地貌，寻找陨石撞击地球时产生的玻璃体。

少年们在专家的指导下，分散着走上山坡，认真查找。

“这是不是？”

“这个呢？”

“这块总会是吧？”

……

活动结束时，只有冷泉和嘉娜找到药丸大小的两颗玻璃体。地质专家让他们留作纪念。

“陨石再次撞击地球怎么办？”宋梓馨还在纠结这件事儿。

地质学家说：“孩子们，这个问题就需要你们这代人解决了。以人类现在掌握的科学技术，对各种天文级别的灾难还无法防御。但可以肯定的是，一旦发生类似灾难，人类轻则退回石器时代，重则彻底灭绝。所以，你们要好好学习科学知识，才有能力保护人类的安全。”

罗佳亮提出，人类要尽快离开地球，向太空移民，对人类文明进行备份。只有那样，地球遇到可怕的灾难，至少不会灭绝。

“把几十亿人都移到太空，可行吗？”曲哲反问道。

“办法总比困难多嘛，我们的祖先来自东非草原，现在那里已经没有多少人了。”罗佳亮说。

冷泉不以为然：“根本就不现实。我们应该建立导弹防御系统，陨石来袭，不让它靠近地球。许老师，您说我的办法怎么样？”

“这是我给你们布置的作业，你们自己去寻找答案。”许彦波笑着说。

于是，少年们开始针对这个问题展开讨论。有人支持罗佳亮，向太空移民；有人支持冷泉，认为导弹防御更靠谱。

争着争着，他们就开始思考如何操作的问题。

要炸毁直径一公里的小行星，需要多大当量的核弹？现有的核弹够不够？火箭能不能把核弹头送到太空？导航定位怎么解决？

于是，他们拿出“知识海洋”，搜索相关资料。

许彦波和肖雅雯坐在一旁，既不参与讨论，也不评论。

这场讨论不在教学计划内，但是他们希望少年们继续这样的讨论。

第五章

涉过历史长河

完成陨石坑的研学任务，许彦波带领少年们直奔研学第二站——原始生活体验基地。

原始生活体验基地，不同于韩津根据臆想建造的“生活1900 生态园”，而是在考古研究基础上建立的仿真景观。园区有 2000 亩，按年代分成各种区域。既有《天工开物》记载的近代农耕，也有原始部落的狩猎。

少年们进入狩猎生活体验区。

这里依山傍水，有人工修建的草坪、树林、小溪、浅滩等，散养着野兔、山鸡、狍子、梅花鹿等攻击性不强的十几种野生动物。

少年们跟随一位考古专家来到小溪旁。

考古专家告诉他们，10000 年前，祖先就在附近种植黍米，过着定居生活。不过，那时他们无法制造金属工具。

“今天你们的研学课，就是在这里学习打造石器、取火、制陶和建房。”考古专家从小溪中捡起两块石头，对敲一下，“现在我们拥有的任何先进科学技术，都是从敲石头开始的。”

10 个少年和许彦波、肖雅雯分成 4 组，练习撞击取火。

考古专家负责指导。

无论尚初宇怎么努力，就是无法点燃火绒，气得边捶地边喊：“老师，火绒是不是太湿啦？”

考古专家看了看，认为火绒没问题：“你的方法是正确的，就是缺乏耐心。古人生火，可没有现在容易。”

尚初宇只好从头再来。

旁边传来欢呼声，原来是阿力赤点燃了火绒。

在阿力赤的细心指导下，4 组少年都学会了撞击取火。

接下来，少年们学习用牛骨制成的铲子挖土。

骨铲是把牛的肩胛骨绑在树枝上制成的。由于没有经过加工，树枝歪歪扭扭，绑骨铲的又是草绳，非常容易断，根本无法铲土。

少年们铲着铲着，就想放弃了，纷纷议论：

“这就是锻炼我们的耐心嘛！”

“古装戏纯粹是瞎说的。如果我们真穿越回去，八成得吃土。”

“古人真靠这玩意儿生活？”

“可能他们的力气比现代人大。”

“光力气大也没用啊，这个骨头根本无法固定在木棍上，稍微用力就会掉下来。”

只有宋梓馨一言不发，拿着小骨铲慢慢地铲土。

铲到一半，少年们就饿得生无可恋，考古专家便带领他们去采摘野果。

考古专家告诉少年们，人类种了上万年地，但是直到工业革命前夕，农产品依然无法满足人们的基本生活需要，于是，古人就以野菜野果补充，并知道它们长在哪里，什么时候成熟，如何采摘加工。

每个少年拎着一个草编的小篮子，在考古专家的指导下寻找野菜野果。很快，阿力赤就把篮子装满，其他 9 个少年的篮子里却只有一点点。

用野果填饱肚子后，少年们继续用骨铲挖土。考古专家一边指导他们，一边向他们介绍地穴的历史。人类居住这种半地下建筑长达万年，直到新中国成立后，第一批大庆油田工人还住地窨子。地窨子就是一种半地下建筑。

“石油工人有铁锨啊。”冷泉的骨铲又一次脱落，他一边吃力地捆绑一边抱怨。

考古专家接过他手里的骨铲，三缠两绕就把骨铲绑好。

考古专家说："这种骨铲，我们祖先使用了六千多年，前后经历两百多代人。他们把它当成最好用的劳动工具。你们想想，如果当年我们祖先放弃骨铲，回到游猎状态，就不会有后来的农耕文明。"

10 个少年挖到晚上，才挖出 2 平方米、15 厘米深的土坑，显然无法搭建草棚。

第二天，他们继续挖。

这次，少年们找到合理使用骨铲的办法，挖掘速度很快。

阿力赤最先掌握了这种技术，他一个人就完成了 1/3 的土方量。

直到搭建成勉强躺下一个人的窝棚，少年们才算完成任务。

接下来，他们学习制陶。这也是原始人发明的一种技术。但是他们没有煤，只能就地取材，用木材烧制陶器。

考古专家让少年们分成 3 个小组，第一小组负责挖坑，第二小组负责筛选黏土，第三小组负责捡拾树枝。

晚上，他们搭建出一个土窑。

第二天，少年们和好泥，捏出泥罐泥碗，送入土窑内摆好。

阿力赤用撞击方式取火，点燃土窑里的柴草。

张凡盯着窑口里熊熊燃烧的烈火，看看其他少年："我们算是原始部落吗？"

"差不多。"

张凡挥着胳膊，高喊：“为了振兴我们的部落，加油！”

其他少年纷纷跟着他高喊“加油”。

肖雅雯也兴奋地和他们一起喊“加油”，并与他们互相击掌。

第三天下午，歪七扭八的陶器出窑了，丑得要命。他们把自己制作的陶器洗净之后，放入洗净的野菜野果，吃得很香。

吃饭时，许彦波给少年们讲述人类为什么要学习耕地。他用“知识海洋”调出欧洲文艺复兴时期的油画《黄金时代》，画中一群人赤裸着上身，在草坪上聚餐。

许彦波告诉少年们，画中画的就是画家想象中的古人狩猎生活。其实古人的生活很简单，饿了吃，渴了喝，困了睡。不迁徙的时候，每天花两到三个小时寻找食物，一天就能吃饱喝足。

他们没有固定的住所，除了陶罐、骨矛和石刀，也没有其他财物，尤其没有“工作”的概念，从来不规划未来的事情。洪水、山火和猛兽，随时会中断他们慵懒的生活，甚至抹去一个个部落。

有人主动总结自然规律，并加以利用；也有人经历一次次灾难之后，开始想几个月、几年以后的事情。12000年前，一批人在小亚细亚地区种小麦，10000年前，一批人在中国南方开始种黍。

为了生存，他们在适合生存的地方定居，开荒、挖渠、驱赶野兽。没有人知道他们是谁，但是没有他们，就不会有今天的一切。

许彦波站起来，指着远方，大声说：“从那时起，人类才有‘未来’的概念，并想让未来变得更美好。为了生存和发展，他们不停地劳动和创造。”

少年们也开始思考自己的未来。

宋梓馨打破沉默：“许老师，接下来我们去哪里呢？”

许彦波意味深长地说：“沿着历史长河，返回我们的时代。”

完成原始生活体验基地的研学课，许彦波带领少年们回北京的路上，经过一个小镇时，已经是晚上，便在一家普通餐厅就餐。

一盆普通的炒菜端上餐桌，瞬间就被几天吃远古食物的少年们瓜分，并且吃得津津有味。

“假如我们到原始部落卖盐，他们是不是得用活人来换？”曲哲边吃饭边思考。

“如果咱们生活在原始部落，只有李千雪能换几斤盐吧？因为她长得好，吃得少——”冷泉的话还没说完，脑袋就挨了李千雪一巴掌。

“原始人可不管好不好看。”张凡咧嘴笑道，“主要看女人能不能干活，能不能生孩子。”

“闭嘴！”尚初宇插话，“原始社会是母系社会，男人根本没有社会地位。如果我是部落酋长，只能留下阿力赤和冷泉，剩下的男人全部赶出去，自生自灭。”

罗佳亮问道：“为什么留下冷泉？”

尚初宇说：“你没听考古专家讲吗？原始社会里胖人脂肪多，一时半会儿饿不死。”

罗佳亮撇嘴道：“胖子还能吃呢！”

少年们边吃饭边开玩笑，肖雅雯把许彦波悄悄拉到门口，说：“靠窗第二张餐桌那个男的，有点儿奇怪。”

许彦波向那个餐桌望去，被肖雅雯阻止：“回到孩子当中，悄悄看。”

许彦波不解其意。

肖雅雯悄声告诉他，在岫岩县县城吃饭时，她就见过那个人。那个人为什么会和他们一起出现在这里，绝对不是偶然。

许彦波建议，把这件事告诉杨真。

肖雅雯利用去洗手间的空当，把这件事告诉了杨真。

“你拍张那个人的照片发给我。”杨真也觉得那个人不可思议。

吃完饭，许彦波把少年们安排到一家快捷酒店。

少年们搬行李时，肖雅雯把尚初宇和宋梓馨叫过来：“今天晚上，你们和我住一个房间。”

尚初宇和宋梓馨觉得有些奇怪，但是没有问原因，点头答应。

于公于私，杨真都必须关心李宵。

她曾经喜欢过李宵，几乎到了迷恋的程度。后来因为道不同，他们便很少联系。

她觉得，在接触李宵之前，为了避免不必要的麻烦，应该主动和江志伟交代清楚。

江志伟对李宵组织的那些抗议活动有些了解。他在美国留学时，偶尔会在大街上看到一些人以保护生态环境的名义组织游行。对此，他一笑了之，并不关心。在他看来，美国主流社会还是崇尚科学的。

回国后，他从参加工作到创业过程中，一直与美国科学界的同行保持联系。那些同行经常向他抱怨，科研经费锐减，民间反智活动越来越猖獗。

江志伟对于美国民间反智活动，多少了解一些，只是没有往深处想。他在新闻报道中看到，世界上一些反智组织，已经组建政党，拥有私人武装，到处搞恐怖活动。

这些组织不但反智，还把世界各国有名的科学家列入黑名单，准备全部暗杀掉，让各国科学家人人自危。

两年前，185 名各国反智组织代表在澳大利亚艾尔斯岩石附近召开结盟大会。

艾尔斯岩石，是全球最大独体岩石，附近没有居民，甚至没有建筑物。他们自带帐篷和食物，在野地里开了几天会。期间不允许与会者携带任何录音录像设备，还禁止任何非组织内的人介入。

会上，经过讨论，他们得出结论，如果不禁止工业生产活动，世界各国文明将在 2200 年崩溃，人类在两个世纪内灭绝。

会后，这些零散的组织，结为“ER 战斗团”同盟。“ER”是英文“ Extinction ERbellion”（反抗灭绝）的缩写。

自艾尔斯岩石同盟会结束之后，世界各地以保护生态名义进行的恐怖袭击数量剧增。

据说，一个 16 岁的挪威男孩，在欧洲公开成立“ER 战斗团”欧洲分会。

没有人知道“ER 战斗团”的核心成员是谁，总部设在哪里。只是模糊地知道它是跨国环保组织。在世界各地公开抗议科学技术，甚至为此暗杀科学家。

杨真经过调查得知，当年韩津和李瑾也参加了艾尔斯岩石会议，据说他们在结盟大会上大受欢迎。回国后，他们就发起“食物权利运动”，建设“生活 1900 生态园”。

江志伟问杨真：“他俩想干什么？在中国搞恐怖活动？”

杨真摇摇头：“对于李宵，我还是了解一些的。他只是参加了美国南加州大学环保社团，虽然态度激进，应该不会做出太出格的事儿。李汉云局长待我如亲生女儿，如果李宵误入歧途，看在李汉云局长的面子，我也得把他拉回来。”

江志伟点点头：“我全力支持你。”

这时，厨房里突然传来炒菜的声音。

他们跑到厨房一看，原来是研学回来的宋梓馨在做晚饭。

“研学班有这么神奇吗？以前从不进厨房的孩子，怎么成为家里的小主人了呢？”江志伟挠挠头。

从原始生活体验基地返回北京后，许彦波给少年们增设了虚拟即时教学课，体验在世界各地生活的感觉。

上课时，他们戴上 VR 头盔，穿着科考服，就能感觉自己置身于世界任何一个地方进行科考活动。

体验课开始之后，10 个少年在非洲草原上蹑手蹑脚地行走。

远处草地上趴着一头狮子。

“别怕，它睡觉呢。它每天睡十几个小时的。”宋梓馨低声说。

他们绕过狮子，又往前走了一段路，遇到一群牛。

“这是牦牛吧？”宋梓馨问道。

阿力赤瞥了她一眼：“这是羚牛！”

“啊，有蛇！”李千雪惊叫一声，随后一条岩蟒朝她扑来。

其他少年也看到了那条岩蟒，吓得纷纷摘下 VR 头盔。

李千雪捂着胸口，大口喘气。其他少年调侃她一番后，离开电化教室，去上健身课。

9 个少年在跑步机上跑步，宋梓馨骑动感单车。

肖雅雯手持监测终端，监测着他们的身体状况。

冷泉跑了 2000 米后，开始卖惨："不行了，再跑下去，胸腔要爆炸了。"

肖雅雯看看监测终端，摇摇头："冷泉，你的身体没问题，继续跑。"

"肖老师，我真的不行了，您放过我吧！"冷泉一边哀求一边跑。

肖雅雯不理他，他转眼就跑了 3000 米。

许彦波说："科研，是重体力重脑力劳动。没有充沛的体能做保证，科研就是镜中花水中月。对了，健身课结束后，你们要好好复习，准备迎接考试。"

"考试？"10 个少年瞪大眼睛。

冷泉说："许老师，咱们满世界溜达，学习了吗？咋还有考试呢？"

许彦波微微一笑："考试成绩不及格，自动退出研学班。"

冷泉吐了一下舌头："这么残酷啊，我得好好准备一下了。我现在已经离不开研学班的同学了，死活都得留下来。"

自由活动时间，冷泉拿着"知识海洋"，跑到体育馆看台上做习题。

不知道什么时候，张凡悄悄凑到他身边，问道：“泉儿，那个托勒密定理我一直弄不明白，如何求证两个线段的积相等？给我讲讲呗。”

冷泉不耐烦地摆摆手：“我现在学高中课程，你问的是初三课程，我还得从头给你讲，容易吗？你的‘知识海洋’玩游戏的啊？上面有全国的名师，随便问谁都比我强。”

张凡尴尬地挠挠头：“我的数学基础太差，听老师讲了 N 遍，死活听不懂，所以才求你用少年的语言讲一遍嘛。”

冷泉见宋梓馨走过来，指着宋梓馨说：“你让她用儿童语言给你讲。”

宋梓馨走过来问：“冷泉，什么题不会，我帮你解答。”

张凡冲冷泉“呸”了一口，然后乖乖地听宋梓馨讲题。

冷泉拒绝给张凡讲题的事儿，在研学班里传开了。

课余时间，侠肝义胆的尚初宇把 9 个少年召集到一起，严肃地说道：“同学们，我们都是问题少年，许老师为了拯救我们，才举办这个研学班。全国的老师和学生都盯着我们，可能还想看我们这群高智商少年的笑话呢。如果我们的考试成绩，还不如普通学校的学生，让许老师怎么面对那些质疑？”

少年们面面相觑，他们从来没有想过这个问题。

尚初宇说：“国家在咱们身上投入那么多钱，我们学习成绩不好，对得起国家的投入吗？为了保证我们获得很好的学习成绩，以后不管谁在学习上遇到什么困难，其他人都有义务帮助他。”

宋梓馨第一个响应。她确实想用自己的特长，帮助其他同学。

晚上，许彦波、肖雅雯和10个少年坐在草坪上，分享学习体会。

许彦波指着宋梓馨说：“你们肯定好奇，她这么小，为什么能进入研学班，因为她的智商，是目前我国智测史上最高的。”

“多少？”冷泉瞪大眼睛。他一直以为自己的智商是最高的。

“具体数值不能透露。不过，凭她的学习能力，如果明年参加高考，可能会创造满分的奇迹。”

少年们对宋梓馨的智商非常好奇，让她讲述她的成长经历。

对于合成基因的秘密，宋梓馨当然不能说。她主要介绍了父母从事的工作和父母对她的教育方法。

冷泉问：“你喜欢爸爸的教育方式，还是喜欢妈妈的教育方式？”

宋梓馨说：“我都不喜欢。他们的教育方式，都让我感到痛苦。许老师了解我的情况后，以他自己的经历对我爸爸说，他的人生分成两个时期，前一个时期，他是别人眼中的神童，后一个时期，他是伤仲永的现代版。许老师和我爸爸说，智商再高的孩子，也需要良好的、恰当的教育。于是，我爸爸就把我送到这里。说实话，我喜欢这里的同学，也喜欢这里的教育方式。”

尚初宇问：“你想做 10 岁的女孩，还是想做 18 岁的女生？”

宋梓馨说：“我爸爸希望我永远是 10 岁的女孩，但我不想。为了让他开心，我必须在他面前装幼稚、装天真，活得真的很累。”说着，她起身向大家鞠躬，“在这个集体里，我虽然年纪最小，但也想为这个集体贡献一分力量。我知道，大家的智力都是达到‘标准 9’的，你们在很多方面都比我强，但是我依然这样想。”

少年们被她的话感动了，一起为她鼓掌。

许彦波说：“同学们，你们都是智力达到‘标准 9’的，在国内属于凤毛麟角的人才，希望你们在接下来的考试中，不要让我失望。”

少年们受到鼓舞，在内心深处暗暗告诫自己，一定为这次考试做充分的准备。

经过充分的准备，少年们由担心考试，变成期盼考试。

中科院已经开辟出一个为研学班少年专用的考场。这个考场，像驾考科目一的考场，需要少年们坐在隔间里，用计算机终端答题。监考老师，也换成了机器人。

计算机系统存贮十几万道试题。少年们随机抽取考题作答，交卷之后，考试成绩随即显现。

研学班的少年进入考场，找到自己的座位，打开考试终端，刷脸验证后开始答题。

少年们的考试成绩都不错，回到电化教室等待许彦波讲评。

考试前，许彦波对少年们的学习成绩是非常担心的，毕竟他们到处研学，耽误了一些时间。很多权威的教育专家，一直质疑他的教学试验，认为把学习进度完全让学生自己掌握，就是开天大的玩笑。

考试前，他也没有告诉少年们，如果他们这次考试成绩不理想，研学班即将解散，他们要回到原来的学校学习。

考试成绩出来后，许彦波看到少年们的成绩，远远高于重点中学实验班的学生，悬着的那颗心才放下来。

许彦波宣布，曲哲的成绩最好，可以行使一次策划权。

研学班的研学内容，2/3 由老师策划，1/3 由每次考试成绩最好的少年决定。

曲哲说出了他的想法，建议他们去伤残医院研学。

第六章

未来的我

晚饭后，李千雪找到宋梓馨，向她咨询生物考试中遇到的问题，“怎么判断植物细胞的活性”。

“要看有没有质壁分离。”宋梓馨用自己的语言，讲清质壁分离的概念。

“不同物种之间能量传递效率，我还是不会算。”李千雪羞涩地说。

宋梓馨在“知识海洋”中找到3道类似的习题，一步步地给李千雪讲解。

李千雪很快就掌握了这个知识点。她挠挠头问：“梓馨，你生物学得这么好，怎么考了倒数第二呢？不应该啊！”

宋梓馨做个鬼脸："可能没发挥好。"

"不对。"李千雪摇摇头，"你是不是不想考高分？"

宋梓馨说出她心里的小秘密。在研学班，她还有一年复读机会。她喜欢这里的同学和环境，不想过早离开。如果她的成绩优异，按规定明年要参加高考。她年纪这么小，如果考上清北，就会成为世人关注的焦点，那样她会活得很累。

在她们说体己话时，冷泉来通知他们，明天要到应急总医院研学，晚上要做好准备。

第二天，许彦波带领少年们来到应急总医院。

这家医院里的病人，基本都是在救火、救灾、救险中受伤的消防战士。

他们的任务，或者是在草坪上辅助伤员做康复训练，或者是跟随医生查房，检查伤员的病情，或者是在餐厅里跟营养专家给病人配餐。

不管做什么，曲哲都表现得最积极，学得最认真。

许彦波看在眼里，记在心上。

中午，少年们坐在医院后面的小花园里休息。许彦波让曲哲告诉少年们，来这里研学的原因。

曲哲说，他母亲在一家美容院做店长。她每天早早起床，给曲哲做好早餐后，要花一两个小时化妆。对此，曲哲非常不理解。

有一天，母亲在上班的路上遭遇车祸，虽然保住性命，却失去两条腿和一条胳膊，半边脸被撞烂了，右眼失明。

经过救治，他母亲从死神魔掌下挣脱，但是那么爱美的人，却不得不面对无比丑陋的自己。母亲无法接受，几次想自杀。

医院依靠现代医疗技术，在他母亲大脑里植入生物芯片，她可以自如地控制义肢和机械手。

目前，她就像机器怪物，整日躲在家里不出门。

一个医生告诉曲哲，现在医学界出现一种名叫“组织工程”的技术，可以用人工材料复制人体组织器官。但是，这种技术不够成熟，还无法在人体上应用。如果用更先进的人造材料把母亲恢复到原来的样子，至少还得几十年。

曲哲参加研学班的目的很简单，就是想早点儿考入医学院，研究组织工程，早日让母亲恢复到原来的样子。所以，他必须比别人更加刻苦地学习。

利用曲哲讲述自己人生规划，并让很多少年感动的契机，回到研学班后，许彦波便把他们召集到一起，让他们讲述自己的人生规划。

嘉娜在讲述自己的人生规划之前，先为少年们表演打击乐。她膝盖上有一个像飞碟的钢鼓，用双手拍打鼓面不同部位，就能发出不同的声音。

嘉娜表演的打击乐，是入选心理研究所评出的“劲曲50”之一的《电动罗密欧》，曲调紧凑、激昂、雄壮，让师生陶醉其中。

演奏完毕，张凡问："这是哈萨克族的乐器吧？"

嘉娜摇摇头："这种鼓叫作吭，是美国音乐人根据声学原理发明的。我之所以做这种表演，因为我的人生规划是，做一个知名的表演艺术家。"说到这里，她问在场的少年，"有一部电视剧叫《明天不遥远》，你们看过吗？

少年们摇摇头。

"《春水秋波》呢？"

还是没有人点头。

"《华夏好女人》？"

曲哲说："我母亲以前追过这部剧。"

"我叔家的保姆也爱看。"尚初宇跟着说道。

嘉娜尴尬地笑了笑："既然大家都没听说过这些电视剧，看来我妈妈导演的影视作品不怎么好。我之所以提到我妈妈，就是想告诉大家，我可能算星三代，因为我外公是演员，我妈妈是导演。托外公和妈妈的福，我从小见过无数演员，老的小的，男的女的，中国的外国的。于是，我也想成为一名演员。

"然而妈妈却告诉我，演员就是忘掉自己，塑造另一个人，这不仅需要表演技术，还需要人生阅历，还要了解各行各业的人。我要想成为优秀的演员，必须了解世界，洞悉社会。

"明年我就想参加艺考。我知道，科学界的人，尤其像你们这类学神，都习惯性地瞧不起艺术生，觉得他们是学渣。"

宋梓馨说："研学班里，不但没有人歧视你，而且大家都欣赏你的文艺才能。我听爸爸说，一流的艺术大学，文化成绩要求是非常高的。以后你在学习上遇到困难，我们一起帮助你。"

接下来，李千雪介绍自己的人生规划。

李千雪告诉少年们，她连续两届获得全国作文大赛初中组冠军。老师们说，她将来不是大作家，就是大记者。经常听这种话，她就想当作家。在颁奖会上，她问评委老师，往届那些冠军后来都在做什么。

评委老师说，这类大赛已经举办 20 届，冠亚季军有百余人，但只有一个人成为职业作家，还是不知名的三流作家。

评委老师的话，让她迷惑不解。

评委老师说，作文和作品是两码事儿。

尽管如此，她还是想当作家，但是不想成为靠资助才能出版作品的作家。她听说研学班里的学生，不仅能读万卷书，还能走万里路，就让父母给她报名，并通过测试。

接下来，许彦波让少年们在"知识海洋"上下载名叫"Face"的软件，用脸注册登记后，再输入以后某个年月日，软件就会显示出那年那月那天自己是什么样子。

"咱们选择相同的时间，看看那时大家是什么样子。"许彦波建议。

经过讨论，他们选择 30 年后的今天。

输入数据后，他们都看到了 30 年后的自己。他们为此惊叹、感慨。

然后，少年们把所有人30年后的照片编辑在一起，用增强现实技术，投射到电化教室的墙上。

“30年后我们在干什么呢？”宋梓馨问。

“搞科研呗。”冷泉说。

“具体搞什么科研？”宋梓馨又问。

许彦波做出“请安静”的手势。待少年们安静下来，他说道：“宋梓馨的问题提得很好。以前有很多职业，现在都消失了。”他拿起一个不锈钢碗，“以前有种职业是卖大碗茶。老板在路边摆摊，支起几张桌子，桌子上放几个大瓷碗，用开水浸泡劣质茶叶，卖给路人。”

“在路边摊泡茶，多不卫生啊，能喝吗？”尚初宇质疑。

“讲卫生是需要经济条件的。那些口渴的路人，根本喝不起茶馆里一壶几百元的茶。”许彦波说，“那时候还没有保存茶水的技术。后来随着科技发展，饮料工厂才生产出茶饮料。

“当时，饮料工厂为了适应大多数人的口味儿，茶饮料中要加入大量的糖，根本喝不出茶的味道。后来，这种茶饮料也被市场淘汰了。”

许彦波指着窗外的一台装有各种饮料自动售货机：“那些饮料，将来也会被淘汰的。科学技术是不断向前发展的，会让落后的行业消失，也会让先进的行业诞生。

“你们想一想，30年后，哪些职业要诞生，什么职业会消失呢？那时，我 80 岁，肖老师 75 岁，已经退出社会舞台了，世界属于你们的，你们无法逃避。我要求你们重新规划一下自己的理想职业，看看 30 年后想干什么，能干什么。”

许彦波的话，激起少年们的兴趣，纷纷上网搜索科技发展前景预测方面的资料，想知道 30 年后会出现哪些新行业，或者哪些行业被淘汰。

最后，阿力赤决定做高标准农田设计员，曲哲想制造人造器官，李千雪想当私人生平记录师。其他少年选择的未来职业，有海底矿工、立体农民、人体雕塑师……

嘉娜不再想做演员了，改为沉浸式戏剧导演，用电子设备制造视觉场景。

她看完少年们调整后的人生规划后，产生一个想法：“为什么我们不把这些奇怪的设想拍成短视频，启发其他同龄人呢？”

“拍成短视频？怎么拍？”张凡问。

“就像网上短视频网站播放的短视频。你们想一想，每人用 3 分钟描述自己的未来职业，10 个人就能拍 10 集，没准儿咱们都能成为网红呢。”

“谁写脚本，谁拍摄，谁剪辑？”冷泉问。

“你们自己写脚本，我负责导演、剪辑，张凡和冷泉负责拍摄。”嘉娜说。

少年们觉得这个想法确实不错，你一言我一语地讨论后，最后策划出一套百集短视频节目，然后分工，谁策划、谁撰稿、谁主播、谁制作道具、谁剪辑，甚至还估算出制作成本、推广方案。

许彦波和肖雅雯商议后，决定把这套短视频节目叫《未来的我》，由李千雪当主播，以同龄人身份，向全国少年描述研学班 10 个少年心目中的未来。

“许老师，制作这套节目，会花很多时间和精力的，我们真的能做成吗？”冷静的宋梓馨问道。

“真正的将军，都是战争塑造的。制作一套节目，胜过阅读 100 本书。”许彦波说，“既然你们要告别死板的课堂，就得有鲜活的活动。”

去餐厅的路上，少年们还在热火朝天地讨论。尚初宇走到许彦波身边，悄悄地问：“我爸爸的公司有资源优势，如果我们做出这套短视频节目，让他在网讯上支持一下，可以吗？”

“当然可以。”许彦波爽快地答应。

“您说过，禁止我用爸爸给的钱请客的。这次您怎么答应得如此痛快呢？”

许彦波笑道：“我还说过，你可以帮助朋友实现梦想。”

杨真通过微信，和远在美国的李宵取得联系，先是嘘寒问暖，了解他的日常生活后，借机询问他是否参加了当地的社团。

李宵却让杨真分享一些她当年参加环保活动的经验。

大四学期，杨真确实在韩津的带领下，参加过一些环保公益活动，如揭发生产伪劣产品的小作坊，曝光制作假烟假酒的黑窝点，暗访胡乱排污的不法工厂等。

杨真不但扮演采购商到处明察暗访，还帮助其他文科大学生解读各种生产术语。

李宵待杨真讲完后，问道："杨姐，后来你为什么离开韩津了呢？"

杨真解释道，因为国内环境监管越来越严格，非法制造成本越来越高，人们环保意识不断加强，生产技术不断完善，所有工厂已经进入正规有序的良性循环中。如果再去吹毛求疵，就已经变得毫无意义了。

李宵对杨真的解释不以为然："杨姐，你是被资本宣传蒙蔽了。你看看西方的媒体是如何报道的？简直就是惨不忍睹、触目惊心！为了赚钱，他们已经变成工业魔鬼了！"

杨真说："你应该知道，西方的媒体，只为满足它的主子需要服务，根本不考虑真相。"

李宵说："道不同不相为谋。我马上就回国，做我想做的事情。"

李宵说到做到，回国后就与韩津在市郊成立"净土社"。

市郊一个乡镇想搞农业开发，聘请韩津担任顾问。韩津便把李宵推荐过去。李宵考察一番后，提议主打食品安全牌，成立批发市场，专营有机食品、草药和保健品。

韩津利用他的自媒体平台，大力鼓吹“净土社”的食品有多么安全。

开业剪彩那天，大批韩津的拥趸拥到市郊的产业园区，见证“净土社”开业仪式。

方喆、马晓寒和其他志愿者，在人群中散发传单，历数画眉草喂养牛羊的各种潜在危害，呼吁抵制画眉草。

消失在公众视线很久的李瑾也来了，不过她精神萎靡，面色憔悴，和过去在各种电视节目中口若悬河的她判若两人。

李瑾手拿麦克风，用观众熟悉的声音说：“今天，我之所以出现在这里，是想和韩津教授一起宣布一件关于未来的事情。

“我和韩教授经过慎重考虑，决定终生不生孩子。因为人类已经是地球的癌细胞，要想彻底治愈地球，必须杀死癌细胞。所以，我们以身作则。

“20 年前，我就在想，为什么地球资源会枯竭，自然环境会污染。经过 20 年的调研和考察，我认为，其根本原因就是地球上的人口太多了，每个人从出生就毫无节制地消耗资源，造成污染。这是人类的原罪。‘拯救地球’绝对不是一句口号，我们要从自身做起。”

李瑾说完，和韩津一起当众宣读“不育誓词”。

随后，方喆和几个志愿者也登台宣誓，今生不婚不育。

其实，这是韩津故意制造的话题，借此让“净土社”登上热搜。

李瑾的身体很虚弱，和志愿者、观众合影留念之后，就下台休息。韩津站在台上，大肆宣传太空育种的危害。

方喆举着一张巨幅照片走上台，照片上是一个掏空的南瓜。

韩津指着巨幅照片大声说：“这是一种基因变异的西瓜，不然不会长这么大。吃这种西瓜，会改变我们的基因。为了后代的健康，我们应该只用祖先留下来的种子，只吃大自然选择的食物……”

韩津演讲完毕，方喆把一个二十四五岁、身材高挑、长相帅气的小伙子带上主席台。

韩津举起小伙子的手说：“我向大家介绍这位海归博士李宵，他刚从美国学成归来，现在是‘净土社’的合伙人。他为什么要摒弃美国的高薪、高质量生活回到国内呢？就是因为他不忍心看到无知的人无情地透支、浪费国内的资源。下面，我们用热烈的掌声，让李宵博士与我们分享，西方先进国家对我们国内环保情况的真实评价。”

其实，去美国多年的李宵，对国内的情况一无所知。他只能根据西方媒体对中国的选择性报道，有图有真相地复述一番。

尽管他讲得驴唇不对马嘴，却让台下的观众沸腾了。

最后，李宵提到研学班，他认为，这个研学班是违反教育规律的。在美国，只有社会底层人的孩子，才会接受这种所谓的“快乐教育”。

研学班的少年们，确实很快乐。现在，他们已经走在去手工晒盐场的路上。

群山中的公路上，两辆旅行车缓缓停下。少年们下车后，站在路边，望着公路下面的手工晒盐场，纷纷举起“知识海洋”拍摄。

大片的盐田，就像一个闪着银光的巨大棋盘，让少年们欣喜不已。

冷泉喘着粗气，问许彦波：“许老师，我感觉呼吸有些困难，是不是出现高原反应了？”

“这里海拔 2300 米，到那个山顶，人才会出现高原反应。”许彦波说，“这就是我平时要求你们锻炼身体的原因。以后你们从事野外科考活动，没有过硬的身体素质，根本无法高质量地完成任务。不过，你不用担心，适应一会儿就好了。”

冷泉发誓道：“许老师，我现在已经真正认识到，你要求我们做的每件事儿，都是重要且必要的。我以后肯定能认真完成！”

进入盐场前，许彦波和肖雅雯认真检查少年们裸露在外的皮肤，哪里有伤口，哪怕是蚊虫叮咬的伤口，都要进行处理。因为他们要接触高浓度的卤水，防止被灼伤。

许彦波一边检查一边问："盐类水解条件是什么？"

曲哲抢先回答："盐必须溶于水中，并且要有弱酸根阴离子，或者弱碱阳离子。"

肖雅雯问道："工业制造漂白粉，原料除了食盐，还需要什么？"

"石灰石和水。"夏荣回答。

……

利用这个机会，复习完化学知识后，少年们分成 3 组，在盐农带领下进入盐田，用木板刮取晒好的盐。

这里曾经是古代盐场，现在辟为旅游景区，负责晒盐的妇女既是当地的村民，也是导游。

尚初宇和负责指导她刮盐的妇女攀谈，得知她是纳西族人，祖辈以晒盐为生。以前生活在这里的人靠卖盐的收入，仅够一家人糊口。自从这里改为旅游景区之后，自然资源得到开发，收入不比城里的白领赚得少。

张凡指着盐池说："现在已经是物联网时代，你们完全可以用机器人晒盐，为什么还要坚持手工晒盐呢？"

妇女说："这里手工晒制的盐，已经不再用于食用，而是成为艺术品。这里之所以坚持手工晒制，只是为了保留历史的印迹，是一种文化传承。”

尚初宇问道：“现在已经是万物互联时代了，还保留这种落后的文化干什么呢？”

妇女说道：“忘记历史，就不会有正确的未来。”

少年们都不说话了，默默品味这句话。

盐池边是一条江，江对岸有一个古朴的村落。一个穿着朴素的男人，正举着望远镜看着少年们。

肖雅雯注意到那个人，把“知识海洋”设置成相机模式，拍下那个人，并把他的照片发给杨真。

掌握晒盐流程之后，少年们过江进入村落，分头进行考察。他们当中，有的看牦牛，有的学习使用农具，有的考察古民居……

考察完毕，他们又体验古盐农运盐的过程。很早以前，这里的盐农要把晒好的盐，背到40公里外的码头，卖给盐贩子，换取生活用品。

他们面前有12个竹编背篓，里面装着成品盐块。

许彦波宣布，女生背5公斤盐，男生背10公斤盐，他和肖雅雯背15公斤盐，运到两公里外的山岗上。

出发后，少年们欢快地连走带跑，可是走出半公里后，他们背上的盐变得越来越重，行进速度渐渐慢下来。

“在古代，这里的盐农，把盐运到码头，来回需要两天时间。干这种活儿，必须匀速前进，保持一定的节奏，忽快忽慢肯定是不行的。”许彦波给少年们讲述古代脚夫的劳动情景。

体力好的张凡走到女生面前，大声问道：“哪位需要我帮忙？”

尚初宇撇撇嘴：“我们女生不比男生体力差。冷泉已经走不动了，你帮他去吧。”

“谁说我走不动？”冷泉吃力地说，“这叫穿越历史，不容替代。”

许彦波说：“冷泉说得对，我们只有回顾历史，才能展望未来。今天每位同学必须自己负重走完全程，宋梓馨也不例外。”

阿力赤走着走着，想起他听说的“生活 1900 生态园”，问许彦波：“许老师，我听说有一个‘生活 1900 生态园’，里面的人都保持公元 1900 年的生活状态，那里和这里有什么不同呢？”

许彦波说：“那里的人，想回到过去；这里的人，想让人不忘过去。两者性质完全不同。”

他们顺利地把盐运到目的地，盐农赠送每个少年一包盐，留作纪念。

结束古盐场研学任务后，少年们奔赴重庆。

商务车载着少年们，忽而进入隧道，忽而爬上高架桥，忽而穿过村庄，最后在一座跨江大桥桥下的兵工厂遗址旁停下。

旧址墙上的黑白照片和文字，院子里的老式机床，把少年们带回遥远的从前。

抗日战争期间，这里是中国最大的兵工厂。为躲避日军空袭，很多车间设置在防空洞里。由于经常停电，通风条件差，工人们虽然经常生病，依然在这些简陋的车床前坚持生产。

这家工厂的前身是著名的汉阳兵工厂，抗战爆发后才迁到重庆。解说员把少年们带到一张照片前，告诉他们，照片上的人，就是汉阳兵工厂初建时期总工程师徐建寅。他是中国成功试制无烟火药的第一人。

19世纪，中国科研条件很差，徐建寅只能依靠手工操作，在试验中不小心引爆炸药，不幸遇难。

照片旁边，是兵工厂创办人张之洞写给他的挽联：

中华化学更有几人，从此广陵成绝调；今日军资为第一事，痛哉欧冶堕洪炉

解说员细致地讲解，少年们认真地听着，思绪飞回战火纷飞的艰苦岁月。

少年们离开防空洞，参观院子里的老式设备。那时没有计算机，没有数控机床，一切都要靠工人手工操作。

“你们谁能借给我一块手表？”解说员问道。

罗佳宇把电子手环摘下来，递给解说员。

解说员把电子手环放到冲床模座上，然后启动冲床。

“砸碎它吗？”罗佳亮惊讶地问。

解说员不说话，调整手柄，控制力量，把电子手环卡在模座上，让罗佳宇拿下来。

罗佳宇用力拽，电子手环纹丝不动。其他少年上前尝试，依然拿不下手环。最后，解说员调整手柄，拿出电子手环，递给罗佳宇。

罗佳宇反复检查电子手环，居然完好无损。

“那时候，工人能用冲床敲鸡蛋，让蛋液流出，蛋壳却保持完整。我的控制技术和他们比还差得远。同学们，在你们的认知中，可能是脑力劳动优于体力劳动，但事实上，任何一个制造大国，他们的产业工人的制造技术，绝对是世界一流的。没有世界一流的制造技术，就不可能有世界一流的制造大国。你们都是高智商的人，但是，仅凭高智商是无法让我们的祖国强大起来的，你们还必须拥有超一流的动手能力。”

几个女同学面面相觑，解说员的话，触及她们内心的柔软处。

解说员让少年们尝试操作老机床，体验操控技术。

一批游客陆续从他们身边经过。

一个男人进入防空洞后，站到徐建寅的照片前，却用眼角余光紧盯着远处的少年。

肖雅雯从男人左边走过来。

男人扭头看她，身材高挑的杨真又出现在他右侧。

“金鹰特卫公司高级保安，对吧？”肖雅雯问男人。

男人点头，杨真示意他跟她们走。

他们来到旧址门口的咖啡馆。见到杨真的证件，男人承认，是尚磊请他在暗中保护尚初宇。

随着中国企业在世界各地不断投资，中国投资人和项目执行人的人身安全成为大问题，金鹰特卫公司应需产生。这家公司员工全部是特种部队退役军人，为有需要的个人或公司提供保护。

杨真了解金鹰特卫公司，但不知道他们的能力如何，于是问道：“如果尚初宇遇到麻烦，你一个人能解决吗？”

男人说：“也许能，也许不能，这取决于制造麻烦的人。但是，我们公司的人无处不在，我随时能获得支援。”

杨真问：“这个随时，代表多久？”

男人答道：“恕我不能细说，反正很快，否则我们就会失去客户的信任。”

许彦波走过来，男人起身消失在人群中。

许彦波见到杨真，有些吃惊：“杨处，你怎么会在这里？”

杨真说：“我到重庆调查一个案件，得知你们在这里，就顺便过来看看，没想到发现一个人在暗中跟踪你们。放心吧，他是尚磊雇用的人，在保护尚初宇。”

“雅雯，咱们不是设计几个风险较大的研学活动嘛，中科院党委担心学生的安危，迟迟没有批复。如果金鹰特卫公司能给予我们保护，是不是可以试一试？”许彦波兴奋地说。

“他们只给有钱人提供服务，咱们的研学班，应该请不起吧？”肖雅雯说。

“可以让尚磊赞助嘛，保护一个人也是保护，保护一群人也是保护嘛。”许彦波说。

杨真赞同许彦波的观点，她知道尚磊肯定会支付这笔费用的。

许彦波见杨真支持自己，很开心，问她见不见宋梓馨。

杨真摆摆手：“你们出来研学，有一个目的就是锻炼孩子的独立性，我就不给你们添乱了。咱们随时保持联系，需要帮助的时候，不要客气。”她说完，深情地看了宋梓馨几眼，悄然离去。

少年们回到宾馆，许彦波给他们布置作业，在“知识海洋”上查找古建筑榫卯结构方面的资料。因为明天要到古典家具厂观看师傅如何制作家具，然后他们自己动手制作，锻炼动手能力。

少年们受兵工厂讲解员的启示，准备得非常充分，第二天就认真观摩老师傅制作家具的流程，然后自己制作。

尚初宇的作品，竟然获得最高分，获得一次设计课程的权利。

她决定召开一次分享会。

晚上，宾馆的会议室内，他们围桌而坐。尚初宇提出分享的主题——科研女性应该是什么样子，让少年们讨论。

她抛砖引玉，打开手机的投屏功能，中科大校园的画面出现在屏幕上："同学们，这就是我们熟悉的中科大，标准的理工科院校，你们看看学生的模样。"

随后，屏幕上出现几组男生的画面，他们基本都戴着眼镜，或站或坐，不修边幅。

"如果是艺术类院校，学生基本是这样的。"尚初宇说完，又更换几组照片。屏幕上出现各种形象清纯、形体优美的女生，有的舞蹈，有的操琴。

尚初宇说："我想说的是，就咱们班同学来说，差不多都想当科学家，从事科研工作。"

张凡说："我更正一下，以前我以为研究数理化的人是科学家。现在我宣布，我将来要做工程师，制造各种先进机器人的工程师。"

尚初宇说："我纠正一下，男生都想学科学、技术、工程、数学四大学科，而大部分女生，却把这四大学科视为难以逾越的天山。世人对此也习以为常，认为男女身体、思维和心理存在着必然差异。我爸爸是网络工程师，他的同事也都是男人，还特别喜欢抽烟。我想说的是，科学、技术、工程、数学四大学科，是不是天生排斥女生，没有女生参与的科学研究会不会出问题？从我右手边开始，你们按照自己的想法回答这两个问题。冷泉先说。”

冷泉说：“我从来没有想过这个问题。我从小生长在科研院所，没事儿就去爸爸的实验室玩耍。我记得实验室里，女博士确实很少，而且墙壁和办公家具的颜色，不是金属灰色就是蓝白色，看着就觉得很压抑。估计女生受不了那种环境吧，所以不喜欢来。”

李千雪说：“这也太武断了吧？男女生在身体上确实存在差异，但社会分工没有那样绝对。现在是什么时代了，万物互联的 8G 时代，研究武器的女科学家非常多。我的意思是，不管我们以后做什么，只要对社会发展有贡献，能满足人们物质或者精神上的需要，就是优秀的人。”

尚初宇点点头，目光落在肖雅雯身上：“肖老师，人们都说人分三种，男人女人女博士。你作为行为科学博士，怎么看待这个问题？”

肖雅雯说：“其实这是笑谈。女博士毕业后，一般都会进入大学或者科研院所工作，可以说，她们一直生活在比较封闭的环境内，和社会上的女性相比，不够通达，但绝对不能说她们的人格有问题。这也是我们创办研学班的原因之一，希望咱们的女生博士毕业后，能成为情商、智商、财商都很高的人。”

接着，李千雪又分享了她亲身经历的事。她在全国作文大奖赛获奖后，评委老师问她，知不知道作家协会会员中女性作家占比是多少。

李千雪认为至少应该会有 50%，没想到只有 18%。评委老师说，在学校里，写作文好的学生，差不多都是女生，她们长大后从事的工作却往往与写作无关。

“你将来会从事职业写作吗？”尚初宇问。

“当然！也许我不但是作家，还是科学家。”李千雪眨眨眼睛。

“好像比较难。”尚初宇说。

“以前没有，不等于以后没有。我们研学班的学生，就是要改变一切的。”李千雪傲娇地说。

尚初宇见夏荣要发言，就示意她讲。

夏荣说，她生于科研世家，外婆和妈妈都是工程师，外婆研究装甲车。当年外婆大学毕业后，被选送装甲研究所的原因，只是因为她个子矮，能扛着仪器钻进坦克。

向来讨厌坦克的外婆，却从基层技术员一直做到研究所所长。妈妈毕业后，也进入装甲研究所工作，专攻坦克发动机。

夏荣说：“我之所以讲外婆和妈妈的故事，是想告诉大家，兴趣没有一成不变的，接触才会产生真爱。大家不要把自己局限在一个空间里，多多接触，才能找到适合自己的职业。”

许彦波带头为夏荣鼓掌。他的总结很简单——不恋过去，不畏将来。

第七章

生　与　死

返京路上，许彦波向少年们宣布："回到中科院以后，肖老师带领女生参观一家研究所，男生自习。"

"参观什么研究所？怎么还重女轻男呢？"罗佳亮悄声嘀咕。

"凡事女士优先，你们西方不是一直主张如此吗？"尚初宇反问道。

罗佳亮做个鬼脸："仅限于吃饭，因为女生都能吃。"

少年们你一言我一语，不知不觉就来到中科院。肖雅雯带领女生换乘另一辆车，男生回到宿舍休息。

载着全体女生的商务车，驶入中科院科学传播局。

她们来到主楼的四层，走到一间挂着“颜究所”的牌子门前。

她们进去一看，里面既有各种功能的化妆台，还有指导“面孔—妆容适配”的机器人。机器人的脸，是一块屏幕，上面滚动介绍各种化妆品的成分，以及适用人群。

“我参观过备用的空间站，里面什么装饰品都没有，就像和尚庙一样。”肖雅雯对同学们讲道，“我对此非常不理解，就问负责介绍的工程师，把空间站设计得如此无聊，考虑过女航天员的感受吗？工程师却问我，女人在太空中打扮给谁看。”

女生一致认为，那个工程师根本不懂女人。女航天员也是女人，也希望自己漂漂亮亮地出现在镜头前。

肖雅雯向女生介绍，这里是专门研究女性科学工作者化妆的地方。新一代女科学家，不再像夏荣的妈妈和外婆，她们首先是女人，然后才是女科学家。无论她们从事什么工作，都不妨碍她们追求漂亮。

为了普及科学知识，一些女科学家频繁出镜，更需要化妆。但是，由于职业需要，她们不能太俗艳，要符合职业特征。于是，科学传播局就成立了这个“颜究所”，专门研究女科学家该如何化妆。

“同学们，科研和美从来就不冲突。”肖雅雯拿起粉饼和唇膏，在她们面前晃了晃，“既然咱们要研究科学地吃、科学地穿、科学地睡，也要研究科学地化妆。梓馨年纪小，其他 4 位女生，这就是你们今天研学的课程。”

李千雪准备录制《未来的我》视频，这堂研学课，对她来说，无疑是雪中送炭。

从“颜究所”回来后，除了宋梓馨，其他 4 个女生，好像越来越漂亮了。

男生觉得女生化妆后很好看，但觉得不是她们这个年龄段考虑的内容，经常嘲笑她们浪费时间。

不过，他们没高兴多久，形体课就给他们安排上了，把他们折磨得生无可恋。

电化教室里，10 个少年坐在沙发上。

肖雅雯手端托盘，托盘里摆着 10 个装满水的纸杯。她把托盘稳稳地放在茶几上。

“人类因为生存的需要，学会了行走和奔跑，并把体型进化成现在的样子。由于生产生活方式改变，人们不得不在桌前久坐。你们知道，久坐是违背人体结构的。将来，你们从事的工作，极有可能需要久坐。如果你们的坐姿不正确，30 岁以后，极有可能患上腰椎间盘脱出。所以，你们从现在开始，就要练习正确的坐姿。”

肖雅雯说完，走到少年们的背后，一一纠正他们的坐姿。

嘉娜从小接受形体训练，她的坐姿最标准，肖雅雯让其他少年向她学习。

坐姿正确后，肖雅雯将一个装水的杯子放到每个少年头顶上：“从现在起，你们要静坐 20 分钟。20 分钟内，你们要保证，水不能洒出来。”

10 分钟后，男生就坚持不住了，杯子里的水或多或少地洒出来。

女生却比他们强多了，连宋梓馨都能坚持 20 分钟。

肖雅雯说：“正确是需要付出代价的。男生在这里继续练习坐姿，女生到操场上练习颈椎操。阿力赤，你负责监督。谁坚持 20 分钟正确坐姿，谁就到操场找我们。”

男少年不服气，说什么也不能输给女生啊，于是都认真地练习。

肖雅雯把女生带到操场，给她们示范颈椎操动作。只见她把右手放到左颈后，向右拉动，静止 10 秒钟：“大家跟着我做，对，就是这样，现在换过来，把左手放到右颈后，向左拉动。”

待女生都掌握了正确动作要领，肖雅雯说：“长时间看书写字使用电脑，对颈椎的损耗非常大，所以你们有必要学会做颈椎操。你们不要以为自己年轻，经得起损耗。我希望你们能为社会工作 60 年，而不是年过半百就瘫在床上。”

许彦波从远处走来，向肖雅雯招手。

肖雅雯示意女生继续练习颈椎操，然后走向许彦波。

“梁院士同意了。”许彦波表情凝重，“他的秘书说，得知他住院后，好多人想去探望，都被他拒绝了。但是他觉得开办研学班意义重大，主动提出安排时间接见研学班的学生。”

“梁院士身体不好，学生又不知道深浅，我们真有必要这样做吗？”肖雅雯反问。

许彦波看看远处的学生，说：“只有见证过死亡的人，才知道生命的脆弱，才会珍惜当下。既然梁院士甘愿付出，我们还担心什么呢？如果研学班的学生连这个都承受不了，就不是一个合格的科研种子！”

第二天，许彦波和肖雅雯就带领研学班的 10 个少年，来到医院，看望即将走到人生终点的梁院士。

梁院士是中国核工业泰斗级人物，已经患病三年多。近来，他感觉自己时日不多，就抱病整理自己的研究资料。这几天他感觉很不好，就要求把自己生命的最后一刻，献给研学班的少年们。

少年们换上无菌服后，在护士长的带领下，进入梁院士的病房。

虚弱的梁院士躺在病床上，示意护士长把病床摇起来。他靠在床头，吃力地挥挥手，让少年们站到他的左右。他艰难地伸出手，抚摸着少年们的头，满意地点点头。

梁院士告诉少年们，他患上一种罕见的病，淀粉样变性征。他的骨髓会制造出一种淀粉状物质，沉积到身体各处，最后会堵塞血管、心脏。

这种病的发病率，是十三万分之一，他不幸成为十三万中那个一，目前医学界还没有有效的治疗方法。现在，医疗专家组研究出一种新疗法，取出部分健康骨髓，然后把体内其他骨髓全部杀死，再把健康骨髓植回去。

如此大动干戈，他有可能痊愈，有可能会死得更快，也可能没有任何效果。

梁院士说："任何试验都有风险，都可能付出巨大代价后依然失败。但是，科研的成功，就是用一次次失败换来的。"

宋梓馨怯声怯气地问："爷爷，医生的试验成功了吗？"

梁院士摇摇头："失败了。我今天之所以叫你们来，是因为我认为你们代表着中国科学的未来，我要把中国科研人的接力棒，交到你们手上。"

梁院士摆摆手，秘书把他获得的共和国荣誉勋章拿过来。他颤巍巍地把勋章递给张凡："孩子，这就是科研人的接力棒，希望你们一代代传下去。"

张凡哽咽着接过勋章。

少年们眼圈发红，不停地抹眼泪。

"孩子们，不要哭，我把一生都奉献给中国核工业，一生默默无闻，但我很幸福、很充实。祖国因为我们的努力，变得无比强大、富有，在世界上挺直腰板，我为自己是中国人感到无比自豪。"梁院士说完，用战抖的手抚摸着每个少年的脸，然后慢慢地闭上双眼。

监护仪上的曲线，变成了直线。

许彦波带领少年们，深深鞠躬。

送走梁院士，他们赶赴梁院士战斗一生的阵地——核工业研究所。

一位年轻的研究员打开厚重的铅门，中国核聚变工程实验平台出现在少年们面前。他们望着眼前的一切，眼睛里充满好奇和敬畏。

研究员告诉他们，核聚变工程实验平台，就是梁院士生前研究设计的，启动之后，里面的温度能达到 1 亿℃。如果核聚变时代到来，就能关闭 90% 的油井和煤矿，彻底恢复青山绿水。同时，人均用电量能达到今天的 10 倍。

今天，就要进行启动这个试验。

少年们被安排到试验观察室，墙上巨大的屏幕上，显示着核聚变工程实验平台启动后等离子体持续聚合的时间。

10 秒、20 秒，30 秒……

少年们看着屏幕上不断变化的数字，激动地喊着“加油”。

303 秒、320 秒、384 秒……

2320 秒！

一个世界纪录在少年们面前诞生。

少年们欢呼、拥抱，仿佛是他们主持了这次试验。

一小时后，试验结束，研究员把少年们带到试验控制室。

张凡坐在第一排总工程师的位置，煞有介事地说：“世界上第一个商业核聚变反应堆正式运行。那时的我，已经成为像梁爷爷那样的科学家，坐在这里，用我的研究成果，取代了世界上所有矿山和油井。”

尚初宇建议，他们站在这里，向在天国里的梁院士宣誓，把梁院士那代科研工作者的接力棒，永无休止地传下去。

她的建议，得到少年们一致响应。他们在梁院士的阵地上，庄重地许下诺言。

少年们完成核工业研究所研学任务后，爬上附近的小山顶，围坐在一起。

山下就是中科大的校园。

肖雅雯告诉少年们，山下那所大学，就是许老师的母校。

张凡问：“许老师读书的时候，课余会做什么呢？”

肖雅雯说：“你们做过的事情，他都做过；你们没做过的事情，他也做过。这不是我妄言啊，有图有真相的。”说完，她把“知识海洋”设置成投影模式。

一张照片投射到他们脚下。照片中，一个小男孩趴在床上，肚皮下放着几个鸡蛋。

肖雅雯介绍说，许老师小时候，特别喜欢小鸡，吵着要父母购买，父母认为楼房里不适合养鸡，就拒绝了他。他就拿出几个鸡蛋，准备自己孵化。

照片中许彦波认真的样子，惹得少年们哈哈大笑。

肖雅雯换了一张照片。照片中，已是少年的许彦波和一位戴眼镜的老者下围棋。

“这是哪位科学家？”曲哲问道。

肖雅雯说：“他是主管科技的国家领导人，和许老师下过两盘棋，不过都输了。这两局棋，让许老师名扬天下。”

肖雅雯又换了一张照片。照片中，许彦波坐在大学校园的凉亭里读书。这张照片曾经在知名网站刊载，那座凉亭从此成为历届少年班学员打卡圣地。

尚初宇在爸爸书房里见过这张照片，说道：“我爸爸书房里一直保存着这张照片，看来他真是许老师的铁粉。”

肖雅雯又换了一张照片。照片中，是许彦波和一位白人合影。

“他是菲利普·安德森！”冷泉激动地喊道。

“他是干什么的？”李千雪问。

“凝聚态专家，获得过诺贝尔化学奖。肖老师，我说得对不对？”

肖雅雯点点头。

冷泉崇拜地看着坐在一边的许彦波：“许老师，您竟然离诺贝尔奖那么近啊！”

肖雅雯说：“当年有一位记者对许老师做过专访后，写了一篇上了热搜的文章《他会不会成为中国第一个诺奖获得者》。”

那时许彦波 20 岁，奋斗十几年后，他意识到自己不可能获得这顶科研皇冠。他从高校辞职时，还是讲师，连父母的科研高度都没达到。

“许老师，您在菲利普·安德森指导下研究什么？”冷泉好奇地问。

许彦波说：“我和菲利普·安德森没有任何关系。我发现他的论文中存在一些错误，就写了一篇纠正文章。他因此对我非常感兴趣，就接见了我。”

“然后呢？”宋梓馨问。

“然后就没有然后了。”许彦波苦笑道。

“事实证明，是您对了，还是他对了？”冷泉问。

许彦波说：“我们的理论都是假说。要确定谁对谁错，需要建造100公里的离子对撞机。建造那样的离子对撞机，不仅要投入天文数字的金钱，而且开机一次要消耗半个中国一年使用的电量。没有哪个国家经得起如此消耗，所以试验无法进行。不经过试验证明，我们的假说都是纸上谈兵，说不上谁对谁错。”

肖雅雯又换了一张照片。照片中的许彦波，比现在还苍老。

许彦波介绍说：“照这张照片时，是美国政府禁止中国博士生参与高端科技研究，我被无理由辞退。同学们，不要相信科学无国界那套论调。高傲、自负的西方人，只为他们背后财团的利益服务。他们奉行的是海盗逻辑，只允许自己强大，不允许别人超过他们。”

肖雅雯换了一张照片。照片中，许彦波竟然变成和尚，在灯下研究经书。

“许老师在演戏吗？”

“这是编辑合成的图片吧？”

“许老师变成法师，也这么帅啊。”

……

少年们纷纷议论。

肖雅雯说：“这是许老师被美国政府驱逐出境后，内心非常苦闷，便到一家寺庙住了一段时间，参悟自己想不通的事情。”

宋梓馨问道：“许老师，在那段时间里，你都想了什么呢？”

许彦波把自己的成长经历，毫不保留地讲给少年们。

国家经过层层选拔，最后把许彦波等高智商的少年集中到一起，准备培养出一流的科学家。他们每天的任务，就是接受填鸭式灌输的各种知识。

结果，那批天才少年大学毕业后，全部被送到国外，结果只有他不接受美国政府的威胁，放弃即将到手的学位。其他同学，都加入了外国籍，成为西方反华势力的帮凶。

许彦波参悟到，科研人，首先是完整的人，然后才是科研人。如果连人都懒得做，那只能是为某个财团谋取利益的工具。

许彦波依次和少年们碰拳，大声说：“我创建这个研学班，最重要的不是传授你们知识，而是教导你们如何成为真正的科研人。你们是智力达到‘标准 9’的聪明人，但是你们永远牢记，你们首先是中国人！”

完成核工业研究院的研学任务，恰逢周末，许彦波给少年们放假，让他们自由活动。

许彦波、肖雅雯应邀来到尚磊家。尚初宇去外婆家玩耍，家里只剩下尚磊夫妇。

入学以来，尚初宇改掉了原有的坏习惯，不但变得独立、自律，而且非常节俭了。尚磊夫妇看到眼里，喜在心头。

尚磊想知道，许彦波用了什么教育方法，在如此短的时间内，让骄横的尚初宇发生了如此大的改变。

“聪明的孩子是不好教育的，他们有自己的想法，不喜欢被约束。我们首先尊重他们的想法，并给他们提供实现自己想法的空间。在研学班，老师只提供服务性工作，并在这个过程中发现他们的优势和短板，引导他们成为能正视自己缺欠的人。”许彦波大致讲了一些研学班的教学细节。

尚磊听完，感慨道：“这些道理，父母都懂，但在教育过程中，还是把自己的想法强加到孩子身上，自觉不自觉地让孩子弥补自己人生的失败之处，根本不在乎孩子到底想什么、喜欢什么。”

反思完毕，尚磊问道：“如果研学班获得成功，您接下来怎么办？”

许彦波说：“如果研学班的教学模式获得成功，明年会增加到 10 班，后年在几个城市推广。如果一切顺利，在一段时间内推行教育双轨制，让学生在研学班和传统班之间自愿选择。”

“您说的这个‘一段时间’，到底有多长？”

“也许十几年，也许几十年。”

尚磊点点头：“家长和教育界必须达成共识，任何教育方式，都不能脱离社会发展的需要。我们以前的教育，仅仅是为了教育而教育，结果出现很多高分低能、人格不完整、内心不强大的半成品，甚至只是追逐名利的机器。”

许彦波笑道：“尚总，您是企业家，管理那么多人，对教育肯定深有感受。以后还希望您多给我提供宝贵意见。”

尚磊犹豫一下，说：“我确实有一个不成熟的建议，希望你们考虑一下。”他说完，做出几个手势，墙壁上随即出现一系列视频和图表。

尚磊说：“我时刻关注着研学班。这种教育模式，已经被很多家长接受。我们通过大数据调查，这个市场年增长率会达到 20%。我准备成立专业研学公司，迅速占领这个崭新的教育市场。二位，我想请你们主持这家公司。”

许彦波连连摆手：“我开创的这种教育模式，不应该被资本掌控，更不能成为有钱人玩的游戏。”

尚磊没有反驳许彦波的说法，而是点点头：“我理解您的初衷。不过，请您考虑一下，如果大规模推广这种教育模式，需要多大投入？毕竟孩子每次外出研学都需要资金。研学班现在由中科院扶持，但中科院也是靠国家财政拨发教育经费的。10 个孩子，可能无所谓，如果是 10 万个呢？投入肯定是天文数字啊。”

许彦波说：“这种教育模式，也不一定适合所有孩子。比如，网络绝对是好东西，有的孩子能利用它拓展自己的知识面，有的孩子却用它打发时间。我认为，只有智力达到‘标准 9’的孩子，才能适合这种教育模式。”

尚磊反问：“那您如何看待教育平等的问题呢？”

许彦波说：“我们以前错就错在，利用一种模式教育所有孩子，依靠考试选拔人才。这种模式看似公平，但也抑制了很多不擅长考试的孩子。我现在开创适合智力达到‘标准 9’的孩子，没准儿哪一天，还有人创建一种符合另一批孩子的教育模式。中国需要多少种正确的教育模式，是需要我们教育工作者思考的问题。但是，有一点我必须提醒您，教育涉及民族大业，国家绝不允许也不可能让资本控制教育，无论经济发展到什么程度，国家开放到什么程度。”

尚磊点点头，这一点他确实没有想到。

许彦波说：“尚总，您觉得尚初宇在研学班发生了令您惊喜的变化，您肯定也希望更多的孩子身上发生这种变化。如果您赞助我们一些研学经费，我们还是能接受的。”

尚磊点头答应，如果研学班需要研学经费，他的公司无条件资助。

第八章

考　　验

梁院士生前留下遗嘱，把遗体捐给医学院，解剖过程向研学班师生直播。

许彦波、肖雅雯带领 10 个少年，换上黑色衣服，表情凝重地坐在电教室中。

梁院士的遗体抬上解剖台，他们全体起立，冲着大屏幕默哀 1 分钟。

负责解剖遗体的专家，是医学院的老教授。他冲着镜头，对少年们说："孩子们，梁院士为我国的核工业发展，奋斗了一生，死后还把遗体捐献出来，供我们研究医学界难题淀粉样变性征。他用他的实际行动，向我们诠释了'春蚕到死丝方尽，蜡炬成灰泪始干’这句名言。希望你们能学习梁院士无私奉献的精神，并从他手中接过中国科研人的接力棒，一代代地传下去。”

少年们深受感动，女生开始小声哭泣。

老教授边解剖边向少年们介绍，给少年们上了一堂永生难忘的解剖课。人体结构鲜活地印在他们的记忆深处。

解剖课结束后，少年们突然感觉自己长大了不少，开始思考人生的价值和意义。

晚上，5 个女生坐在宿舍里，回忆解剖课的画面。

尚初宇忽然问宋梓馨：“宋梓馨，许老师和肖老师结婚好多年了吧，他们怎么不生孩子呢？他们那么好的科研基因，不是白白浪费了吗？”

宋梓馨说：“研学班的学生，就是他们的孩子。”

“那是上头版头条的说法。咱们说点儿实际的，肖老师已经 41 岁了，她还能生孩子吗？”尚初宇担心地问。

“再耽误两年就 43 岁了，标准的高龄产妇。”夏荣说。

见证过“死”，她们想到了“生”。

嘉娜说：“咱们劝劝她，赶紧生宝宝怎么样？”

“对，对，咱们和男生联袂上书。”尚初宇转身看看宋梓馨，“许老师和肖老师会不会以为咱们瞎胡闹？”

“在他们眼里，咱们都是不懂事儿的孩子。孩子的话，他们未必在意。”宋梓馨嘟着小嘴说。

“咱们可以充分利用许老师制定的规则嘛。”尚初宇说，“下次考试，不管谁考第一名，都要把这个问题设计成分享课。”

第二天就考语文，李千雪获得第一名。她的分享课题目是《肖老师以自己的亲身经历，演示一个生命从诞生到出生的过程》。

肖雅雯看到这个题目，忍俊不禁，问李千雪为什么要设计这样一堂分享课。

李千雪说：“梁院士已经向我们展示了一个人生命终止的过程，我们当然想知道，一个生命从诞生到出生的过程。我们想知道，女人从怀孕到生产的过程中，她生理、心理会发生什么样的变化。所以，请两位导师给我们提供这个机会。”

“这也是我们所有人的想法。”罗佳亮高举双手，“我们男生还想知道，一个男人在做父亲前和做父亲后的变化。”

肖雅雯连连摆手：“生一个孩子很容易，难就难在如何教育。现在很多人口负增长的国家，年轻人之所以不愿意生育，不是因为经济和精力的问题，而是他们实在不知道如何教育下一代。再者说，我总不能带一届学生生一个孩子吧？”

“我知道您担心什么。”尚初宇说，“您是怕怀孕，我们这群屁孩子又不好管，对吧？既然我们要学习如何照顾孕妇，肯定比现在乖很多的。”

肖雅雯说：“下学期，咱们计划到北极研学；下届研学班，准备设在东非共和国。两个地方的环境非常差，如果我生个宝宝，就去不了那里了。”

“啊，下届能出国研学？他们也太幸福了吧？不行，我不想上大学，我要选择复读。”宋梓馨奶声奶气地说。

张凡问道：“肖老师，我不想知道下届同学到哪里研学，我只想知道下次咱们到哪里研学。”

“下次，咱们去追寻我国地质科学奠基人的足迹。他的名字叫丁文江，你们可以在‘知识海洋’上先了解一下他的伟大事迹。”

少年们了解到，丁文江创办了国内第一个具有国际科研水平的中国地质调查所。从 1911 年开始，他就坚持做野外勘测。这次他们要重走他在云南的科考之路，亲身体验他填补我国地质科考空白的伟大经历。

准备充分后，他们便乘坐飞机来到昆明，然后改乘商务车，奔赴大山深处。

他们在一条山间公路旁下车，开始步行。

许彦波介绍道，在两百多年前，这里只有一条羊肠小道，丁文江和助手背着测量工具，边走边测量，记录这里的地形地貌，寻找矿产资源。每次外出勘测，他们都要步行几百公里山路。

少年们听说这是科研前辈走过的路，个个精神抖擞，沿着公路往前走，连最小的宋梓馨都不甘落后。

他们一边走，一边查看路边的岩石、植被情况，并仔细地做记录。

午饭后，他们进入峡谷，坐在空地上，面对远处的雪山，手握电子笔，用“知识海洋”绘制地形图。

傍晚，他们在草坪上搭建帐篷，观察野外的夜空。

第二天，他们来到一个半人高的洞口。这里就是当年丁文江考察过的锡矿矿坑，洞口两边有铁栏杆和危险警示牌。

两百多年前，丁文江等人探明这里有丰富的锡矿资源后，但是采矿技术非常落后，矿工一边掘洞，一边采矿。他们在洞里挖到矿石之后，放到筐里，再把筐拴在腰上，一点点地运出洞口。

丁文江为了了解矿工需要多久才能从洞口到达采矿工作面，就亲自下洞，爬行一千多米，花掉两个多小时才爬到目的地。

“既然我们是追寻科研先辈的足迹，也爬一次吧。”曲哲打量着洞口。

肖雅雯说：“这里太危险了，不能下去。我们到新矿井那边，乘坐电梯下井参观。”

张凡支持曲哲：“肖老师，丁文江当年可没有电梯坐的，难道他就不知道危险吗？他不怕，我们为什么要怕呢？”

少年们纷纷表示，只有进洞，此次研学才有意义。

许彦波解释说，旧矿井封闭多年后，里面的情况很复杂。他们可以冒险，但不能冒无谓的险。

冷泉提议，他们下行 100 米，重在体验。

少年们一再坚持，许彦波只好和矿方工程师沟通，经过反复商议，工程师才同意他们下行 50 米。为了防止驴友私自进洞出现意外，洞口下面 50 米，做过加固处理。

为了安全起见，肖雅雯腰系保险绳，准备第一个进洞。她叮嘱少年们：“待我到达 50 米处，摇动安全绳，你们再一个个下去，一定要戴好安全帽，穿上具有保护功能的矿工服。”

肖雅雯叮嘱完毕，转身进洞，在 50 米处摇动安全绳。

在许彦波的监督下，少年们戴上安全帽，穿上矿工服，依次进洞，体验前辈探矿的过程。

少年们为了体验矿工的工作状态，每个人力所能及地把一块矿石运到洞外，个个累得气喘吁吁。

张凡、冷泉面对着洞口，深深鞠躬。他们在心里暗暗发誓，以后一定要从事科研工作，把从事危险、辛苦的工人解放出来。

考察完古矿坑，他们乘车来到一个村子里的院门口，年轻研究员贺兵已经在等候他们。

进入院子，少年们发现，院内到处安装着各种先进仪器，和院外古朴的街道相比，仿佛不在一个时空里。

两百多年前，丁文江在科考途中在此院借宿，不幸死于煤气中毒。

这不是那次他科考计划的终点，却不幸成为他的人生终点。

现在，这座院子已经成为地球内部探测网的一个监测站，采集地球深处的各种数据。按照研学计划，他们要在这里住3天，体验现代先进的地质监测技术。

这里的仪器虽然很多，但全部由计算机控制，平时只有一名研究员值班。

贺兵告诉少年们："青藏高原是陆地上地质活动最剧烈的地方，地震频发，且能量巨大。我国在此建立不少监测站，这只是其中一个。你们看，这是地电仪，这是震波仪，这是检波器。我们依靠这些精密仪器，给地球做CT。"

"这些仪器都是最先进的吧？"对仪器设备感兴趣的张凡问。

贺兵自豪地说："以前此领域的技术美国领先，他们还据此卡我国的脖子。我国科研人奋起直追，把勘测固体矿的深度，从500米提高到5000米，已经遥遥领先美国了。"

罗佳亮吐了一下舌头。

曲哲做出手枪的手势，对准罗佳亮的头部。

李千雪好奇地问贺兵："这个监测站里，只有您一个人吗？"

"是的。"贺兵点点头。

"您不怕无聊寂寞吗？"宋梓馨问道。

贺兵笑了笑："科研，属于经得住诱惑耐得住寂寞的人。

不过，随着我国在这个领域不断进步，也许等你们大学毕业时，这里已经成为无人监测站了。各种设备埋在地下，数据会即时传到科研中心。”

少年们听到贺兵的话，惊讶得张大嘴巴。

张凡嘀咕道：“看来，如果我不努力学习，将来可能连工作都找不到了。”

许彦波说：“同学们，时间不早了，今天你们早点儿休息，明天你们要在监测室值班。”

这时，少年们才感觉身体疲惫，进入宿舍休息。

第二天，少年们自愿结合，两人一组，每组值班 4 个小时。

晚饭后，轮到宋梓馨和张凡值班。

宋梓馨认真地看着仪表，尽管她看不懂上面的图线，依然看得很认真，还不时地用“知识海洋”查阅相关资料。

张凡更是坐不住，认真查看仪表的构造和功能，似乎他要回家仿造似的。

“你不会想偷着拆开看看吧？我可提醒你，你赔不起的。”宋梓馨绷着小脸说。

张凡用手抚摸着仪器，一声不吭，假装听不见。

“张凡，听说贺兵已经是博士了，他怎么还学习呢？”宋梓馨盯着贺兵的办公室问。

张凡反问：“不然我们的科研水平凭什么超过美国呢？”

宋梓馨说：“我们更没有理由不好好学习了——”她说

完，盯着面前的仪表不再说话，然后冲张凡招手，“这台仪器上，是不是显示要发生地震了？”

张凡跑过去一看：“3.1 级，不算大，根本感觉不出来。不过，深度怎么是＋1356 米？难道是哪里开山放炮？”

宋梓馨喊来贺兵。

贺兵打开电脑，一边噼里啪啦地操作，一边嘀咕：“这个高度——这个经纬度——这个震级——不是地震，是泥石流，东南方向 35 公里处。”

记忆力超级好的宋梓馨喊道：“我们到那里研学过。那里是因地震造成的堰塞湖，风景非常美。没有下雨啊，怎么会出现泥石流呢？”

贺兵说：“山区十里不同天，那里肯定下了暴雨，才会引发泥石流。麻烦的是，如果大量土石滑进堰塞湖里，会形成湖啸。如果湖水漫过坝体，就会出现溃坝。”

张凡用“知识海洋”调出这里的卫星地图，发现堰塞湖的海拔比村庄高出 185 米，村庄极有可能遭受洪灾。

“我们能不能通过卫星，看看湖里是什么情况？”张凡建议道。

“夜里，山区，卫星什么都看不到的。”贺兵说，“你们通知其他同学，赶紧转移。”

张凡和宋梓馨分别喊起其他少年，迅速收拾好行李。

贺兵向其他监测站核实后，确认发生泥石流。但是，所有仪器只能测到地下情况，监测不到洪水情况。

“问问堰塞湖值班的人。”许彦波说。

贺兵说，他已经打过几次电话了，但是根本打不通。

“现在最重要的事情，是把村民转移到安全地带。赶紧通知村主任，让他组织村民转移。走，我们一起去找村主任。”许彦波转身对肖雅雯说，“你带领学生，乘坐商务车向高处转移。”

许彦波和贺兵来到村主任家。村主任无法理解“湖啸”，还担心这么晚把村民吵醒不太好。

贺兵解释道：“湖啸是由岩崩、地震或者风暴引发湖水上涨——”

“跟海啸一样。”许彦波打断贺兵，“只不过海水涨不到山上，堰塞湖的湖水却能冲下来。如果我们不尽快转移，整个村子有可能被淹没。村东面小山顶高于堰塞湖水位，村民暂时到山上躲避。”

村主任立刻意识到问题的严重性，不过他还是有些担心：“如果上面没有下暴雨，或者没有发生你们所说的湖啸，乡亲们会骂死我的。”

这时，村主任的手机铃声响了，县应急管理局打来电话，命令他立即组织村民往高处转移。

村主任用大喇叭通知村民。

许彦波和贺兵返回监测站，搭建防水设施，预防洪水冲进院子，淹毁仪器。

他们来到监测站，发现肖雅雯和10个少年并没有转移，而是有序地在院外安装防水挡板，摆放防水沙袋。

许彦波喊道："你们怎么还不转移？35分钟后，洪水可能达到这里。"

张凡说："这里的仪器非常贵重，尽管我们无法把它们转移，但也不能眼睁睁地看着它们被洪水淹没。这是国家财产，我们有义务保护它们。"

尚初宇说："许老师，我们都接受过救生训练，应该去帮助村民撤离。"

"许老师，你不是一直告诉我们，能力越大，责任越大嘛。我们的智力都达到'标准9'了，在这个时候不能先撤的。"冷泉说。

"我还会急救技术，能帮上忙的。"曲哲说。

"许老师，这不是最好的研学机会吗？"宋梓馨大声问道。

许彦波被少年们的责任和担当感动了，狠狠地点点头。

他们很快就在监测站外安装好防水设施。

一批批村民从他们身边经过，向山上转移。

贺兵想到村卫生院有一些病人，便向许彦波建议，他们应该去那里看看。

许彦波立即做出安排："张凡、曲哲、佳亮、初宇、千雪，你们跟我到村卫生院帮助病人。其他人跟着肖老师，到学校帮助寄宿学生。所有人检查好传感器，保证能实时确定彼此的位置。”

村卫生院确实需要帮助。现在，那里只有一个院长、一名医生和一名护士，却有一个伤残病人、两个准备明天转到县医院的病人。接到转移通知后，院长忙得焦头烂额。

接受过急救训练的少年们，在许彦波的指挥下，把病人放到担架车和轮椅上。

院长表示，这么多村民夜间上山，肯定会有人受伤，应该带些急救药品备用。

这时，村里却停电了，所有人都陷入黑暗之中。

药房里的药剂师回家休息了，没有钥匙打开药房。

“院长，我跟您去药房。”张凡主动站出来。

在药房门口，张凡利用院长的掏耳勺，十几秒钟就打开门锁。他们带上一批药品，往山上转移。

院长对少年们掌握的技能惊呆了，问张凡：“你们年纪不大，怎么什么都会呢？”

张凡咧嘴笑道：“因为我们想成为社会发展需要的人。”

突然，天空传来直升机的轰鸣声，穿透力极强的探照灯，让少年们的身边亮如白昼。

随即一架带有网讯公司 LOGO 的直升机降落在他们面前。

机舱门打开，金鹰特卫公司的安保专家跳下来，跑到尚初宇面前，拉起她奔向直升机。

“你是什么人？”尚初宇拼命地往后退。

“你爸爸让我来接你。”

“他怎么知道我遇险？”

“没时间解释，快走！”

尚初宇吼道：“不，我要和同学们在一起！”

“我在执行任务，请你配合！”

“你是不是我爸爸雇用的？”尚初宇大声质问。

“是的。”

“你是不是有义务满足我的合理要求？”尚初宇追问。

“是的。”

尚初宇指指担架车和轮椅上的病人：“我命令你，把他们转移到县医院。”

“从现在起，你不能离开我的视线之内。”安保专家冷冷地说。

“我可以和你们去县医院。”尚初宇说，“否则，我绝对不会离开这里的。”

安保专家只好同意，允许医生、病人登机。

把病人转移走之后，少年们就加入疏导村民的队伍中。

待村民全部转移之后，他们才往山上转移。

他们刚到山顶，山脚下便传来巨大的轰鸣声，浑浊的洪水像一条巨龙席卷了村庄。

天亮之后，洪水退去。

村民们纷纷下山查看灾情。

少年们也赶到监测站，发现由于他们防护得当，院子里竟然没有进水，各种仪器完好无损。

当地政府给宋梓馨和张凡颁发奖状，地质研究院也褒奖了保护监测站仪器的少年。

得到奖状的宋梓馨很开心，与江志伟和杨真连线。

江志伟冲宋梓馨竖起大拇指，夸她长大了，成熟了。

杨真冲她做出心形手势。

张凡跑到肖雅雯面前，悄声问道：“肖老师，您说过，咱们要去北极研学，什么时候动身啊？那里肯定比这里刺激！”

肖雅雯悄声说：“我们回京之后就动身。”

第九章

ER战斗团

北极极昼已至，少年们踏上了期盼已久的北极研学之旅。他们的最终目的地是中国在斯瓦尔巴群岛上刚刚建成的苍穹号科学考察站。

他们乘船出海，行驶近一个月后，途经挪威斯塔万格海港，上岸参观当地的海鱼养殖场。这也是他们研学计划的一个环节。

李千雪录制的短视频节目《未来的我》已经播出10集。由于网讯公司大力推送，已经获得上千万点击量，李千雪也因此成为网红。

出发前查阅资料时，少年们已经知道海鱼养殖是一种新兴产业，挪威技术更先进，便策划了《海鱼养殖工》节目。

上岸离港后，少年们来到以饲养三文鱼闻名世界的海边小镇，李千雪要对参观的内容进行网络直播。

“各位网友，你们喜欢吃三文鱼吗？想不想知道它们来自哪里？根据调查，目前野生三文鱼只有几百万尾，根本满足不了我们的需要。现在中国人吃的三文鱼，大部分来自我身后这家三文鱼养殖场。”李千雪指着一片浅海说。

海面上，金属栅栏围成 10 个篮球场大小的养殖场，里面的三文鱼肉眼可见，都是银白色，一米多长。

李千雪继续讲解：“人类最早意识到地球资源会枯竭，就是从海洋渔业资源开始的。不过现在这种状况得到改变，很多海鱼都能进行人工养殖。三文鱼，金枪鱼，甚至出海即死的黄花鱼，现在都可以人工养殖了。几十年前，人类在海洋中打鱼，还像打猎一样，收获多少靠运气。现在，随着科学技术的进步，仅靠人工养殖，就能满足世界各国人民对海产品的需求。下面，我们就到一家海鲜馆看看。”

嘉娜举着摄像机，跟随李千雪进入海鲜馆，要拍一段她们食用三文鱼的画面。

肖雅雯和许彦波坐在餐厅里等待她们。

肖雅雯为了满足少年们的要求，已经怀孕 5 个月，体形开始发生变化。这次到北极研学，中科院领导本不想让她随行，她为了让少年们了解一个生命从诞生到出生的过程，还是坚持陪伴他们。

肖雅雯每天给少年们讲述自己的感受，观看彩超片子，观察胎儿的变化。

参观完三文鱼养殖场的少年们陆续回到餐厅，准备品尝三文鱼时，海鲜馆门口忽然出现一群少年。

那些少年穿着印有“ER”字母的 T 恤衫，举着印有中英文“没有需求就没有杀戮”的标语旗，还有绘着北极熊和三文鱼的卡通画。

许彦波通过询问海鲜馆的老板得知，那些人是“ER 战斗团”成员。“ER 战斗团”成立仅仅一年，会员就已经遍布欧洲各国。

“ER”是英文“反抗灭绝”的缩写。“ER 战斗团”成员认为，工业生产会加速人类灭亡，必须予以限制，然后逐步退回低消耗的农业社会。为此，他们不惜攻击各地工业园和政府机关。

“人类从农业社会待了两千多年，好不容易来到信息社会，怎么还开历史倒车呢？”尚初宇看着信徒一般的“ER 战斗团”成员，不解地问。

“他们说工业会加速人类灭亡，这个话题已经提出几十年了。我不知道工业能不能让人类灭亡，但我知道，离开工业，人类肯定活不下去。我就想不明白，这群人是谁家孩子呢，父母就不能管管吗？”在美国，罗佳亮身边也有类似的组织，经常腆着大肚子喊着回到过去的口号。

少年们透过玻璃窗，静静地看着大街上的同龄人。

他们听懂了那些人喊的口号，“拯救地球，从餐桌开始”“要吃素不要吃肉”“不要虐待三文鱼”“放它们回到大海”，等等，参差不齐。

此时，养殖场员工和海鲜馆的厨师们站在门口，防止那些人冲进来砸海鲜馆。

在人口稀少的挪威，几百人聚在一起游行，绝对是一件大事，已经有媒体记者进行跟踪报道。

一个貌似组织者大声读着什么。养殖场经理站在他面前，谦恭地听着，耐心地解释。

肖雅雯从他们的肢体语言中看出端倪：“老许，那些人故意挑事，想刺激养殖场的人先动手。告诉咱们的人，不要轻举妄动。”

她的话音未落，阿力赤像愤怒的豹子一样冲出去，冲那群人大声喊着“get out”“bitch”。

“ER 战斗团”见阿力赤冲出来，先是一愣，然后往后退了几步。待看清阿力赤衣服上的中文字时，就大声喊叫，现场乱成一片。

张凡见“ER 战斗团”成员围住阿力赤，便带着 3 个少年跑到阿力赤身边。

“回去，别忘了我们还有研学任务呢。”许彦波低声喝道，往回拽阿力赤。

“许老师，小心！”曲哲惊叫道。

许彦波还没来得及回头，一个啤酒瓶就砸到他背上。

啤酒瓶就像信号弹，“ER 战斗团”成员把携带的砖头、石块纷纷砸向海鲜馆的窗户。

还好，海鲜馆的老板已经报警。10 辆警车快速赶到现场，警察用催泪弹驱散了“ER 战斗团”成员。

警方安排一辆大巴车供少年们乘坐，在警车的护送下，他们返回首都奥斯陆。

住进酒店，少年们悬在嗓子眼儿的心才放下来。

许彦波询问阿力赤，为什么会如此冲动。

原来，三年前，国内某家能源公司计划在阿力赤的家乡修建水电站。水电站落成后，不但能提高当地政府的财政收入，还能创造大量就业机会。阿力赤的父亲把积蓄拿出来，还贷了一笔款，开办一家小型汽修厂，准备从事汽修服务。

没想到，由国外 NGO 组织暗中资助，国内的社会公知、网络达人云集该县，造谣诋毁这个项目，一些不明真相的网民也来蹭这起事件的热度。当地政府迫于舆论压力，将这个水电项目下马。包括阿力赤父亲在内，很多人的投资都是血本无归。

家庭贫困，背负债务，让阿力赤非常痛恨那些出于各种目的的环保主义者。那些人，不管别人死活，只在乎他们的理念。

许彦波见过阿力赤的父母，他们虽然文化程度不高，但宁可自己缺衣少食，也坚持让阿力赤接受教育。

许彦波劝道：“阿力赤，人各有志，切莫强求。我们要允许别人有其他观点，我们用事实证明自己的坚持是对的就可以了。”

“我们还是研究一下这个‘ER 战斗团’吧，他们到底是什么人，想干什么呢？”宋梓馨拿出“知识海洋”，开始检索“ER 战斗团”的资料。

少年们都拿出“知识海洋”，一起查阅。

经过全网检索，少年们了解到，一个名叫阿德里安的 16 岁挪威少年，从前年开始，组建了“ER 战斗团”，号召欧洲各国中学生罢课，拒绝接受现代教育，抵制工业产品。

他的提议，得到欧美各国 200 万学生响应，集体罢课一天。第二年，罢课学生增至 300 万，罢课时间增至 3 天。今天是“ER 战斗团”成立 3 周年纪念日，世界上有三十多个国家，五百多万中学生选择罢课一周。

阿德里安以“世界生态少年”自居，拥有大批支持者之后，越发膨胀。他利用社交软件，向欧美各国支持者发号施令，要求他们寻找反生态企业，能抗议就抗议，能破坏就破坏。

“这个屄孩子是不是不想读书啊？”

“获得这么高的流量，是不是能赚很多钱？”

“他背后是不是有资本运作呢？”

……

少年们检索完阿德里安的资料，从自己的角度进行判断。

最后，少年们把目光集中到许彦波身上。

许彦波说：“西方国家的主要媒体，都是财团创办的，也是为财团需要服务的。那些媒体在意的，不是真相，而是根据财团的需要，进行选择性报道，有时候为了达到某种目的，不惜编造假新闻，玩弄读者于股掌之间。还有，西方国家的网络建设，远远落后于国内，人们获得的信息有限，而且还盲目自大，很多人一辈子都没有出过国，根本不知道国外是什么样子。现在都什么年代了，他们对中国的印象，还停留在20世纪初呢。尤其近些年，孤陋寡闻的他们，越来越反智了。”

听完许彦波的解释，少年们才意识到，在科技曾经无比发达的西方国家，竟然还有这样一类人。

肖雅雯建议，到北极以后，日常用品会极其缺乏，他们利用晚上空闲时间，去商场采购一些自己需要的日用品，顺便看看奥斯陆的街景，体验一下当地人的生活。

晚上，许彦波带领少年们来到一家商场，定好集合时间后，他们便三三两两地寻找自己需要的商品。

宋梓馨单独走到渔具区，观看那些奇形怪状的渔具。

戴着墨镜的阿德里安出现在她面前，盯着她看。

宋梓馨心里一怔，向左右看了看，见身边有店员、有顾客，就没有那么害怕了。

她镇定地打量阿德里安，认出他就是白天带头在海鲜馆门口闹事的人，心想：“他怎么会出现在这里，这么看着我干吗？”

阿德里安微笑着向她伸出手，用英文说道：“我是阿德里安，你是宋梓馨，我对你神交已久了！我想和你探讨一些问题，可以吗？”

宋梓馨对他本来就好奇，见他没有恶意，就跟着他走到休息区，在靠墙的沙发上坐下。

阿德里安开门见山地说：“我们都是基因合成试验品，我是第一号，你是第二号。”

宋梓馨没有承认，也没有否认，她想判断清楚阿德里安的意图之后，再选择说什么。

阿德里安愤愤地说：“我是一个彻底失败的试验品，附带一种人造遗传病——额叶机能亢进。这都是那些自作聪明的科学家干的，全世界只有我患有这种不治之症。”

“患上这种病，会怎么样？”宋梓馨关切地问。共同的经历，让她放弃了防备。

“我不清楚，那些科学家也不清楚，可能自主神经紊乱，或者癌变，总之，我活不到 30 岁。不过，我的智力——”阿德里安指着自己的头部，“那些科学家的试验已经成功一半。

我的智商达到 180，在我这里，就不存在解决不了的问题。”

宋梓馨怯声怯气地问：“那些科学家，来自哪个国家？有中国的吗？”

“都是欧洲的，和中国的团队应该是一伙的。我出生后，他们利用从我身上获得的经验，不断地完善技术，再在你身上试验。你，比我幸运。”

“现在医疗技术这么发达，应该不存在无法医治的疾病。只要你不放弃，应该没有问题的。”宋梓馨鼓励道。

“错，我病在基因，根本无法治疗。科学家在我没有决定权的时候就毁了我，我无法原谅他们，我要摧毁他们。我们能合作吗？”阿德里安紧紧地盯着宋梓馨问。

宋梓馨摇摇头：“不，我们不一样，我不是科学技术发展的牺牲品。其实——其实你应该感谢自己那段特殊的经历，不是每个人的智商都能达到 180 的。你不是因此能解决任何问题吗？”

在宋梓馨印象里，科学不是公式定律，而是父亲、杨真、许老师和肖老师，还有她母亲。他们都是科学家，科学是有血有肉有感情的。

阿德里安没有说话，冷冷地盯着宋梓馨的脸，然后戴上墨镜，准备离开。

宋梓馨起身拉住他：“你被那些大人控制了，你应该想办法摆脱他们！”

“哪些大人？”

“‘ER 战斗团’成员啊。”

阿德里安笑了，笑得很得意，一脸傲娇：“宋，很多人认为我就是一个傀儡，想调查我后面的资本。其实他们根本无法想象，智商达到 180 的人能做什么。”

宋梓馨盯着他的脸，想判断出他是吹牛还是讲出真相。

“圣女贞德像我这么大的年纪，就能统领军队，我为什么不能统领全世界的中学生？她拯救法国，我拯救地球，没什么不妥吧？”阿德里安还想说什么，瞥见许彦波走过来，就抽身离去。

宋梓馨有些恍惚，呆呆地坐下。

直到许彦波拍拍她的肩，她才缓过神来，把刚才阿德里安来找她的事情，告诉了许彦波。

许彦波听罢，觉得此事非同小可，立即与杨真联系。

杨真获得这条信息后，立即向局长李汉云汇报。李汉云担心中国也有这样的科研组织，就组织各处处长开会，研判阿德里安所述真假、中国有没有人从事这种非法实验、如何保护宋梓馨的安全。

最后，他们的讨论集中到一点，获得阿德里安的生物样本。

梁文博动用他的军方人脉，轻松获得了阿德里安的生物样本，秘密送到高科技犯罪侦查局。阿德里安是欧洲的公众人物，经常到各国活动，出入酒店和会议中心，获得他的生物样本并不难。

史青峰检测过阿德里安的生物样本后发现，他的配子使用了第一代 CRISPR 编辑术，这与人体的 p53 基因会产生拮抗作用。p53 基因的作用是抑制人体内的癌细胞。两种基因冲突的结果，会导致 p53 基因活性下降，使他极易罹患各种癌症。

在宋梓馨的配子里，孙云峰使用了更先进的碱基编辑术，精确性大大提高，没有破坏 p53 基因的活性。

阿德里安今年 16 岁，意味着有一个秘密科研团队，至少在 17 年前就掌握了基因合成技术。

当初对孙云峰进行过双盲测谎，就是在审讯员和被审讯人都不知道的情况下，用声波和微表情分析录像进行测谎。孙云峰坚称在宋梓馨之前，他没有做过类似的试验。严格的双盲测谎结果，证明他确实没有说谎。

现在看来，孙云峰确实没有参与首次基因合成试验，而是国外同行通过秘密渠道，将试验数据、技术转移到国内，由他在国内完成升级版试验。

蔡静茹领导的法律处，一直在研究根据哪条法律起诉孙云峰。法律向来比科技滞后，“法无限制皆可为”，既然法律没有对基因合成活动做出解释，那就很难给孙云峰定罪。

蔡静茹和检察院、法院的人研究来分析去，最后认为伤害罪适合本案，孙云峰和宋春霞对宋梓馨构成间接伤害罪。

他们建议把江志伟也列为受害者，理由是他的配子在他不知情的情况下被修改。据此，江志伟可以向孙云峰进行经济索赔。

江志伟不想追究这件事。他认为，宋梓馨身体没有受到损害，智商还很高，不应该得到便宜还卖乖。

法官认定，孙玉峰的行为对宋梓馨造成间接伤害，判处孙云峰 3 年有期徒刑，缓刑 3 年。这期间，他可以主持公司工作，但要全天候佩戴电子监控手环。主持的各种实验，随时接受高科技犯罪侦查局生命科学专项办公室检查。

同时，他还要积极配合司法部门讯问。

龙剑再次讯问孙云峰，让他交代国外同伙的情况。孙云峰依然拒绝承认除宋春霞之外还有其他合作者。

“防止高科技非法滥用，这是各国之间的重要合作项目。如果你拒绝交代，待我们调查清楚，性质是完全不一样的。”龙剑严肃地说。

“如果你们确定我还有同伙，请拿出证据。一个屄孩子吹的牛皮，你们也信？”孙云峰不屑地说。

龙剑换了一个角度：“孙云峰，你认真想一想，宋梓馨基因合成的事情，即便在国内，知道的人也是少之又少，那么远在国外的阿德里安为什么知道她的过去？她是你的作品，现在很危险，你告诉我们，怎么才能保护她的人身安全？”

孙云峰想了想，终于全盘托出。

基因合成实验，最初由国际超人协会中的欧洲团队秘密进行。这个团队中的成员，就有阿德里安的父母，还有他现在的养父。阿德里安出生后，他们把试验数据转给孙云峰，让他完成第二期试验。

阿德里安 8 岁时首次发病，他的亲生父母认为这是科学进步中应有的牺牲，但是他们的合作伙伴反悔，收养并带走阿德里安。此人也因此协助阿德里安组建了“ER 战斗团”，从事反科研活动。

这些年，孙云峰和阿德里安的亲生父母一直保持联系。他们也了解孙云峰、宋梓馨的情况，包括他被高科技犯罪侦查局立案调查的事。

龙剑把审讯结果上报李汉云。

这段时间，高科技犯罪侦查局正在组建旨在保护中国高科技机构和专家的安防处。杨真担任筹备组组长。保护宋梓馨的安全，应该由安防处负责，李汉云就命令杨真带领张语桐、王鹏翔赶往斯瓦尔巴群岛。

李汉云交给杨真两个任务：一、马晓寒传来消息，方喆也奔赴挪威，准备联合那里的同伙，开展“清除斯瓦尔巴运动”，目标是消除当地一切人类科研活动痕迹。中国在那里建有黄河科考站，又建设了全新的苍穹科考站，极有可能是他们破坏的目标；二、保护宋梓馨的人身安全。

交代完任务，他又强调一下实际困难：“挪威安全机构一直密切关注‘ER 战斗团’的活动，并和我们信息共享。遗憾的是，现在挪威当局受西方反华势力蛊惑，出于政治目的，不再与我们合作。”

“我可以安排人打入‘ER 战斗团’内部。”

“不可行。他们对华人很抵触的。”

“不，她是俄罗斯人，还不是警察，能轻松混进去的。”杨真说完，把她的计划详细地说了一遍。

李汉云当即批准杨真的计划。

梁文博提醒杨真，极地科考过程中，需要保持无线电静默。她们到达北极后，只能在室内用网络和国内联系，在外遇到事情，要随机处置。

几十年前，中国在斯瓦尔巴群岛租用当地一家公司的宿舍楼，建立黄河科考站，规模很小，已经无法满足现在的科考需要。

刚建成的苍穹科考站，占地 10000 平方米，建筑面积 4000 平方米，有 5 个一级实验室、2 个监测区、2 个生活区，各种设施一应俱全。

苍穹科考站还辟出一个小型机场。这里有两架直升机，10 架大型无人机。所有无人机均由核动力驱动，可以长期在空中活动，如拍摄冰川三维图像、追踪野生动物，或者运输物资器材。

研学班少年们乘坐的航班，降落在距离苍穹科考站不远的新奥尔松镇。

苍穹科考站派研究员熊伟接机，他和其他4人，驾驶5辆摩托雪橇，在出口处等候。

少年们第一次来到北极，第一次乘坐摩托雪橇，这里的一切，对他们来说都是新鲜的。寒冷的天气，也抑制不住他们的好奇心。

“网上说，北极最高气温已经能达到30℃，怎么这么冷？”尚初宇搓着手，不解地问。

熊伟说：“那是挪威一个气象站的数据，而且它位于北极圈最南端，其实北极大部分地区仍然很冷的。”

少年们很快来到苍穹科考站。让他们没想到的是，这里竟然还有一个囊括国内各大菜系的大餐厅，想吃的食物应有尽有，能满足他们的味蕾。

吃完饭，熊伟带领少年们参观苍穹科考站。

让他们更想不到的是，苍穹科考站站内竟然还有枪械室，里面有包括先进突击步枪在内的各种枪械。

“哇，这里的人，不都是科学家吗？怎么还装备枪械呢？”阿力赤问。

熊伟说：“岛上允许个人佩枪，主要是为了防御北极熊攻击。当然，绝对不允许个人主动猎杀它们，但如果它们威胁到人身安全，是可以射杀的。明天你们可以乘坐直升机，俯瞰北极大地。运气好的话，还能看到北极熊。”

想到马上能俯瞰北极大地、能看到北极熊，少年们激动得睡不着觉，纷纷拿出“知识海洋”，检索北极熊的相关资料。

他们了解到，北极熊曾经被列为世界濒危物种。它们数量减少，不是因为气候变暖、食物减少，而是人类无休止地猎杀。

19 世纪，人类具备进入北极圈的条件后，发现海豹油脂能获得巨大利益。那时候，石油没有大规模开采，海豹油是优质的工业原料，因此人们疯狂地猎杀海豹，破坏了北极熊的食物链，导致大量北极熊被饿死。

后来，熊掌、熊皮成为奢侈品，人们又开始无节制地猎杀北极熊。20 世纪 70 年代，随着科学技术进步，猎熊效率达到峰值。最夸张的时候，当地人驾驶直升机，在空中用突击步枪猎杀北极熊。

现在，除加拿大给因纽特人发放捕猎许可证外，北极圈附近的其他国家都不允许猎杀北极熊和海豹。事实上，随着科技进步，运输能力提高，住在北极圈附近的大部分人不再依靠渔猎生活。

经过 100 年的孕育，北极熊的数量已经恢复到历史最高水平。

第二天，天气良好，熊伟带领少年们登上大型直升机。

少年们的运气确实不错，直升机飞到冰原后，他们就看到几头北极熊。呆萌的北极熊，对轰鸣的直升机见怪不怪，懒洋洋地趴在冰面上，看都不看一眼。

冷泉非常好奇："北极熊怎么不怕人呢？它们可是差点儿被人杀绝了啊。"

熊伟幽默地说："在这个岛上，北极熊比人还多，它们凭什么怕人呢？它们非常聪明，应该知道一个人如果伤害它们，会判重刑的，所以有恃无恐吧。"

"看来，做一头北极熊也很幸福。"李千雪又摆出文艺范儿。

"他们没有以前幸福了。100 年前，它们是濒危物种，现在成为威胁人类物种，从将军混到奴隶了，哈哈！"熊伟打趣道。

宋梓馨问道："熊老师，您怎么如此了解北极熊呢？我觉得您谈论北极熊，就像谈论自己的孩子。"

熊伟说："我有一个绰号，叫'熊博士'，因为我主要研究北极熊之间如何传递信息。以前的动物学家几乎没有从这个角度进行研究，这是一门新学科，主要研究北极熊如何依靠叫声传递信息。"

"研究熊语？有什么用呢？"张凡问。

熊伟说："北极圈附近有 400 万原住民，随着北极熊越来越多，经常入侵居民居住区。既然法律不允许居民猎杀北极熊，那么破译北极熊的语言，对防御、驱赶北极熊会有极大的帮助。"

"您研究成功了吗？"宋梓馨问。

"我还处在记录熊言熊语阶段。这项研究条件不是很好，因为只有母熊和幼仔之间才会频繁呼叫，成年北极熊在驱赶入侵它领地的同类时，才会发出威胁的声音。为了获得北极熊的声音，我长年累月在野外录制它们的声音。我为此用聚碳酸酯制造了多面体球形观察舱。这种观察舱，可以根据需要进行拆装。"

阿力赤问："北极熊的攻击力，应该不比黑熊差。那种观察舱，能抵御它们的攻击吗？"

熊伟说："在野外观察时，我们会把观察舱固定在钛合金支架上，舱壁很结实，能抵御体重 400 公斤公熊连续撞击。在海湾那边，就有一个观察舱，你们可以体验一下。"

少年们听罢，连声欢呼。

直升机降落在观察舱附近，少年们走下直升机，跑到观察舱边不停地打量。

观察舱内，可以容下两个成年人，或者一个成年人和两个少年。熊伟让少年们自己组队，依次进入舱内。

熊伟带领尚初宇和阿力赤，率先进入舱内。

他们通过观察舱的高倍望远镜，看到一头公熊出现在两公里外，径直奔向观察舱。距离观察舱几十米时，它停下来，看了几眼这里的人，便跑到海边猎捕海豹。

在岸上嬉戏的海豹看到北极熊，纷纷跳入海里。

公熊一无所获，悻悻离去。

第二组，曲哲、嘉娜和熊伟观察。这次，他们看到一头母熊从海里钻出来，猎杀了一头海豹。它把海豹扯到岸上，随后两头幼熊上岸，和母熊一起撕咬海豹。

嘉娜感觉很揪心："深受人类保护的北极熊，怎么这么残忍呢？海豹也是一条生命啊！"

熊伟说道："这就是大自然的食物链，也是大自然能平稳发展的规律。"

第三组，熊伟陪罗佳亮和李千雪观察。他们看到一头母熊狩猎成功，没等它享受劳动成果，就被一头霸道的公熊赶走了。

"北极熊之间也存在等级吗？"李千雪问熊伟。

熊伟说："任何动物种群中都存在森严等级。人类也一样，落后就要挨打、被掠夺。你们能到世界各地研学、科考，是因为你们背后有一个强大的祖国。"

观察完北极熊，少年们了解了北极动物食物链的状况。

尚初宇整理完笔记，问道："咱们在这么短的时间内，能看到这么多北极熊，不是咱们运气有多好，而是北极熊的数量已经足够多。看来，我们了解的北极熊生存惨状，可能是100 年前的，现在北极熊的生存环境，应该是史上最好的。”

宋梓馨说：“北极熊已经能进入城镇，在马路上拦截行人索要食物，看来它们和人类相处得非常和谐了。”

张凡想了想：“那些所谓的环保组织，为什么把北极熊的生存状况描述得那么惨呢？他们为什么要说谎？难道是为了骗钱？”

“他们确实募到很多钱，我还捐几千元呢。他们为北极熊做过什么事，根本没有后续跟进。”尚初宇说。

“保护北极熊很简单，保护它们的生存环境，猎杀入刑这一条就足够了。最好的保护，是不破坏、不参与、不打扰，根本不需要多少钱。”熊伟说。

少年们回到苍穹科考站，尚初宇还是想不明白这件事，就去询问许彦波。

许彦波告诉她，有些人、有些组织，根本不在乎真相，而在乎用谎言获得多大的利益。比如，社会上突然出现一个热点事件，很多来自各地的人就会跑到那里，进行所谓的直播。他们关注热点事件中的人或者事吗？根本不是，他们看重的是网民对这个地方的关注度。至于利用各种噱头，透支人们的善良骗钱，那就是属于违法范畴的事情了。

“在那些人看来，尊重北极熊的生命，胜过尊重人的生命，他们才会满意。”尚初宇拿起“知识海洋”，调出一张照片，上面是一个被北极熊袭击致死的男人，“我不知道，那些所谓的环保斗士，怎么看待这件事。”

“啥环保斗士啊，纯粹是闲得没事儿做。”夏荣说道，“估计是欧洲国家福利太好了。”

“不是每个人都能享受社会福利的。”罗佳亮纠正道，“比如在美国，一般人是买不起医疗保险的。一旦得病，面对天价的医疗费，他们只能放弃治疗。但是，他们却把中国的人权问题挂在嘴边上。”

“各位同学，你们犯了一个基本性错误，就是习惯从自己的角度看问题。其实一个问题，从不同角度看，会得出不同甚至完全相反的结论。比如我们认为追求科技进步是正确的，有人却认为反智反科技是正确的。”许彦波说。

“反智的人拒绝科技进步，为什么要攻击追求科技进步的人呢？”尚初宇理解不了。

她举起手中的“知识海洋”：“你们看看，那个火遍世界的‘ER 战斗团’，他们在工厂矿山示威，毁损财物无数，张凡偷几万元东西就要进监狱，而这些人好像不用承担什么责任。”

肖雅雯说：“‘ER 战斗团’的行动肯定是有预谋有策划的，钻法律的空子。你们仔细看看，他们每次搞破坏，成年人都躲在背后，蛊惑未成年的中小学生冲在前面。”

夏荣说：“他们自己喜欢过原始人的日子，完全可以找个没有人的地方自己过嘛，为什么要弄出这么大的动静呢？”

许彦波说：“允许不同认知水平的人同时存在，本身就是尊重科学。我们要做的，就是用先进感动落后，用科技感召无知。科技人的使命，不仅是从事科研活动，还要帮助更多的人相信科学。”

杨真、张语桐和王鹏翔来到苍穹科考站。

走进宿舍，杨真一把抱起宋梓馨，认真端详。

“妈妈，您想我了吧？这里特别有意思，我一点儿都没想家。”宋梓馨嘟着小嘴说。

“把爸爸妈妈都忘了吧？”杨真刮她的小鼻子。

“您都追到北极来了，我想忘都忘不了啊。妈妈，您肯定不是专程来看我的，不然张语桐和王鹏翔怎么会来呢？”宋梓馨的观察力超级强。

“没大没小的，你怎么能直呼其名呢？我和他们来检查这里的安防工作，然后和你们一起回国。”

宋梓馨从杨真的怀里挣脱出来：“既然您是来工作的，那就认真工作吧。”说完，她就往外推杨真。

杨真懂得宋梓馨的心思，她不想让同学们认为自己搞特殊。

杨真带领张语桐和王鹏翔，检查苍穹科考站和黄河科考站，寻找安防工作的漏洞。

他们注意到，外界与斯瓦尔巴群岛的交通工具，除了乘坐飞往挪威的客机，就是各个科考站的直升机。

这里的土著居民，主要是给各个科考站提供服务，或者打鱼，收入非常可观，所以基本都处于安居乐业状态，极少出现打架、酗酒和吸毒情况。

正因为如此，当地各国科考站根本没考虑过安防问题。即便他们听说过“清除斯瓦尔巴运动”，也是把它当成笑话。

按照《斯瓦尔巴条约》条款，这个岛的主权属于挪威，各缔约国居民来往自由。

这里唯一的居民居住区新奥尔松镇，有个只有 5 名警察的警察局，多年来只处理过一起自杀案件。不过，挪威警方通报“清除斯瓦尔巴运动”消息后，他们也不敢大意。

杨真拜访这个警察局，向他们了解“清除斯瓦尔巴运动”的情况。

杨真来此之前已经获悉，世界各国十几家生态组织以保护北极熊的名义进行募捐，但是并没有公布捐款的去向，也不知道他们为保护北极熊采取哪些有效措施。

为了获得更多捐款，这些组织利用自己的宣传平台，肆意抹黑斯瓦尔巴群岛生态，说这里不仅有十几个国家建设的科考站，俄罗斯还开发一个油田，疯狂盗采油气。

在各国公众心目中，这里是世界上唯一的净土，怎么能容忍利欲熏心的人破坏呢？各国激进分子云集奥斯陆，准备强登斯瓦尔巴群岛，驱赶破坏净土的人。

“我们调查过，他们都没有案底，又有合法签证，我们很难拖延太久的。”警察局局长为难地告诉杨真，“我这里只有5名警察，还没有非致命性防暴设备，一旦如你所言，他们上岛闹事，我们也是爱莫能助。”

局长的话音刚落，急促的电话铃声响起。

局长接通电话，“嗯嗯啊啊”几句后，告诉杨真，电话是俄罗斯油田打来的，据说有中国人在那里闹事，要杨真过去处理。

杨真听完很纳闷，这里的中国人，基本都在两个科考站内工作，怎么会跑到俄罗斯油田闹事儿呢？为了查明此事，她和王鹏翔立即乘直升机赶到俄罗斯油田。

他们刚下直升机，一个五十多岁的俄罗斯人便迎上来。王鹏翔立刻认出他——俄罗斯国家境外资产保卫局保卫处处长佐林。

三年前，侦办俄罗斯境内发生的恐怖案件，王鹏翔和佐林合作过。

佐林告诉王鹏翔，近些年，俄罗斯在境外进行大量投资，俄罗斯政府担心这些投资遭受恐怖分子破坏，就成立了国家境外资产保卫局，他也是两天前才到达这里。

今天，十几名“ER 战斗团”成员乘坐私人直升机，降落在新奥尔松镇，计划烧毁俄罗斯油田。

幸好佐林提前做了部署，值班工人发现了那些人，赶走一半，逮捕一半。

逮捕的人中，有好几个东方人面孔，便请杨真过来确认。

打开监控，杨真看到囚禁在仓库里的“ER 战斗团”成员，各个都被打得鼻青脸肿。不过，她立刻认出其中有一个是中国人：“他叫方喆，网络作家。”

“中国的作家都如此剽悍吗？”佐林一脸疑惑。

“他不是剽悍，是愚昧。”

佐林拍拍额头：“愚昧的人，那就不好办了。一个愚昧的作家，会让更多的人愚昧的。你再看看那几个人，但愿他们不是中国人。”

杨真把那几个人的照片传回总部进行识别，得知他们是日本人、越南人，还有两个韩国人。

佐林说：“既然只有一个中国人，我就把他交给你处置吧。”

杨真说：“我们在这里没有执法权，应该把他交给当地警方处置。现在还不能让他看到我，待我走后，你再进行移交。”

佐林接受了杨真的建议，拉着王鹏翔，要去喝几杯酒。

杨真的手机铃声突然响起。她接通后得知，有一批人要围攻苍穹科考站，便立即和王鹏翔乘坐直升机往回赶。

他们通过空中侦察，果然发现一批人逼近苍穹科考站。

他们走下直升机，杨真向站长和许彦波说明他们的侦察情况。她推测，对方只有十几个人，对苍穹科考站根本构不成威胁。他们到此闹事，目的就是制造冲突，然后在网上卖惨，把苍穹科考站推到舆论风口。她建议站里的人，暂时不要搭理他们，不给他们留下闹事的借口。

杨真安抚好科考站内的人之后，进入监控室，通过高清摄像头，密切关注那些人。

那些人在距离苍穹科考站 100 米的地方停下，开始网络直播，根本不在乎这里要保持无线电静默。

一个人把手机摄像头对准空中的无人机，大声说道："瞧这两架无人机，是使用核动力驱动的，它们一旦坠毁，肯定要发生核污染。对这片纯净的土地来说，就是灭顶之灾。"

一个人指着苍穹科考站说："那里的人装备的武器，足够武装一个加强连。科学家为什么要装备这么多武器呢？这本身就是一个巨大的阴谋！"

……

科考站的研学班少年，也在关注这些人的直播。

"他们到过苍穹科考站吗？了解里面的情况吗？怎么能根据自己的臆想胡说八道呢？"李千雪气得脸色通红。

尚初宇愤怒地喊道："我们不能坐视他们抹黑苍穹科考站不管。只有打疼他们，他们才能学会闭嘴。"

"阿德里安对记者说过，未来是属于他们的时代。他算老几？我第一个不答应！"从小就把生死看淡的张凡吼道。

“梁院士把生命最后一刻留给我们，就是希望我们做他的继承人。如果他知道，我们面对反智反科技的人无动于衷，他在九泉之下都会埋怨我们的！”嘉娜说。

夏荣提醒大家不要激动，一旦他们冲出去，怀孕的肖老师绝对不能坐视不管，不能因为他们的冲动，殃及肖老师。

上次在渔场，肖老师为了保护他们，差一点儿就和那些人搏命。

少年们选择克制。

一小时后，中方从新奥尔松镇向苍穹科考站转运生活物资的摩托雪橇运输队，被那些人截住，并进行破坏。

愤怒到极点的少年们，再也无法克制，纷纷往外冲。

许彦波担心少年们的安全，苦苦劝阻：“这里的事情，由这里的人负责，包括你们的人身安全。我们不能给他们添乱！”

“我们不是和他们玩凶斗狠。他们想利用这里骗取流量，我们不会让他们得逞的。”尚初宇说。

“有王鹏翔叔叔在，我们不会有事儿的。”宋梓馨认为，王鹏翔是天下无敌的人。

许彦波见尚初宇是带头人，想到来此之前，尚磊曾经跟他交代过，在外面遇到无法掌控的危险，必须打他的电话。

他让肖雅雯拦住少年们，然后借用科考站的北斗卫星电话，把这里发生的事情告诉了尚磊。

尚磊沉吟片刻后，问道："尚初宇要带领同学和那些人斗争？"

"是的，已经到了无法劝阻的地步。"

"杨真也在？"

"在。"

"你们能保证斗赢那些人吗？"

许彦波不知道怎么回答了。

"如果尚初宇想出去制止那些人闹事，就让她出去。前提是，你们必须保证她能赢，我家人不喜欢输！"尚磊似乎不太担心。

"你的意思是，让她有一次'成功体验'？"许彦波问。

"确切地说，应该是'胜利体验'，让她体验一次胜利！如果你们没有这门课，你临时替我补上，出了问题我负责！"

第十章

胜利体验

尚磊不是一介莽夫，凡事都有周全的考量。他的支持，让许彦波把悬着的心放下，决定把这次斗争，也作为研学的一部分。

他把自己的决定告诉了少年们。

少年们激动得欢呼雀跃。

杨真推门进来，许彦波把他的决定告诉了她。

保护中国的科研设施，就是高科技犯罪侦查局的职责。作为未来高科技犯罪侦查局安防处负责人，杨真必须站出来。

杨真说："以我们的实力，那些人对我们根本构不成威胁。他们最大的破坏力，是对科考站的造谣抹黑。如果我们对他们的行为置之不理，网民就会认为我们默认。他们大部分是少年，我们也有少年。少年对少年，而且我们没有理由输，还有什么好怕的呢？”

宋梓馨奶声奶气地说：“妈妈说得对，他们就是逼我们动手，然后卖惨，博得网民同情。我们针锋相对，网讯给予支持，说不定谁占上风呢！”

杨真说：“捍卫科学的小英雄们，就按照你们的计划执行吧，我大力支持你们，加油！”

“杨真，如果那些人携带枪支怎么办？”许彦波说，“我们必须想一个万全之策。”

“放心，我已经通过远程高清摄像头查看过，他们没有携带任何枪支。”杨真自信地说，“我已经做了周密安排，孩子的安全有保证。”

尚初宇绝对有大姐大的气场，条理清晰地安排道：“这次男生不许出去。李千雪，负责与他们辩论，你的粉丝必然无条件支持你；嘉娜负责录像，与网讯直播同步；夏荣和我在旁边协助；宋梓馨，你不能出去，留在这里照顾肖老师。”她怕宋梓馨不开心，故意给她布置任务。

这样刺激的事情，不让男生做，他们肯定不高兴，纷纷指责尚初宇的安排。

罗佳亮的喊声最大：“我爷爷获得过 IBF 次量级金腰带，

我不能在那群人面前认㞞！”

“不，不，男生不能出去，否则打起来更麻烦了。他们要是敢对女生动手，他们的计划就落空了。”尚初宇纠正道。

杨真和张语桐分别占据苍穹科考站的制高点，每人一把突击步枪，准备随时击毙暴恐分子。

王鹏翔进入气模仓库，准备随时出击接应。

安排妥当之后，嘉娜扛着摄像机，跟随李千雪走出苍穹科考站。

“同学们，放音乐！”尚初宇打个响指。

夏荣打开“知识海洋”，调出劲爆音乐，接上音箱，把音量调到最大，顿时《星球大战》中的《原力》主题曲响彻天空。

“准备好了吗？迎上去！”尚初宇一声令下，女生们整齐地走向那群人。

李千雪一边走，一边对着镜头说：“网友们，‘ER 战斗团’成员包围了我国设在北极的苍穹科考站，拦截我们的生活物资。现在，我就过去看看这些人到底想干什么。”

网讯公司将李千雪的直播视频在首页置顶，以突发事件的名义向全球直播，瞬时得到千万网友关注。

王鹏翔从货架上搬下一箱啤酒瓶子，放在摩托雪橇上，准备出去接应。对付徒手的“ER 战斗团”成员，他不需要其他武器，这些啤酒瓶子足够用了。

杨真和张语桐通过瞄准镜，密切注视着“ER 战斗团”成员的一举一动。

尚初宇等 4 个女孩来到“ER 战斗团”成员面前，镇定地盯着他们。

她们发现，领头的竟然是一个穿红色羽绒服的东方人面孔的男青年，他身后却是欧美国家的少年。

“李宵？”杨真心头一紧。

那个人确实是李宵。

看见从苍穹科考站内只出来 4 个女孩，李宵等人顿时愣住了。没有出现预想中的暴力阻止，无法达到他们的目的，“ER 战斗团”成员一时手足无措。

李千雪打量李宵：“你应该是中国人吧？为什么带人冲击中国的科考站？我们正在为全球网友进行现场直播呢，你要考虑一下后果。”

李宵假装强硬，不承认自己是中国人：“后果？后果就是我们摧毁这里！”

“理由？”

“科考站就是破坏北极生态环境的罪魁祸首！”

“你拿什么证明？科考是为了更好地保护北极生态环境好吗？现在这里的北极熊数量，已经是史上最多的。”

李千雪接着指着李宵衣服上印着的“ER”字母说：“你们都是‘ER 战斗团’成员，请问，你们来到这里，是步行还是骑马？是坐飞机还是高铁？”

李宵无言以对。

李千雪继续质问：“你们的领袖阿德里安，满世界宣传他的反智理论，请问，他能不能离开他的网络自媒体平台？”

李宵恼羞成怒，吼道：“阿德里安是百年不遇的先知，我不允许你这样诋毁他！”

“请回答我的问题，好吗？如果你们没想到，可以继续想。”李千雪说完，带领尚初宇等人走向运输队，指挥司机把摩托雪橇慢慢驶向考察站。

从双方接触到现在，不到半小时，各国网民针对这个问题，给出各种有趣的回帖：

“李宵应该脱下他身上的羽绒服，因为羽绒属于大鹅的。”

“阿德里安宁可失去性命，也不会失去他的网络自媒体，那是他的摇钱树。”

“他们应该穿着草鞋去问问北极熊，那样才有诚意。”

……

网友脑洞大开，在网上说起群口相声。

李千雪等人护送运输队要进入苍穹科考站大门。

李宵一挥手，“ER 战斗团”成员像疯狗一样冲过来，要烧毁摩托雪橇上的物资。

王鹏翔驾驶摩托雪橇冲出去。

他的耳麦里传来杨真的声音：“把那个穿红色羽绒服的中国人带回来。”

“收到！”

杨真鸣枪示警，“ER 战斗团”成员听到枪声，却像看淡生死的赌徒，根本不在乎。

一个穿蓝色雪地服的白人姑娘挥舞雪杖，踩着雪橇飞速滑过来。

她身后还有几个人滑着雪橇，貌似在追赶她。

白人姑娘冲到王鹏翔面前。王鹏翔冲她做出“OK”的手势。

待白人姑娘进入苍穹科考站，王鹏翔抄起一个啤酒瓶子甩出去，砸在准备点燃物资的欧洲少年头上。

王鹏翔手里的啤酒瓶，像装上自导装置的导弹，纷纷命中破坏物资的那群欧洲少年。

王鹏翔来到李宵身边，一记摆拳，砸在李宵的下巴上。

李宵连吭都没吭一声，直挺挺地倒下。

“ER 战斗团”成员和追赶白人姑娘的人，被王鹏翔的技能镇住，又听到高处传来枪声，吓得赶紧退回去。

王鹏翔把李宵放在摩托雪橇上，带回苍穹科考站。

李宵只是受到重击后，暂时昏迷，一会儿就醒过来，睁眼看到站在他面前的杨真，一下子愣住了：“你怎么在这里？”

“你怎么在这里？”杨真也问同样的问题。

“我没违法吧？”李宵镇定下来。

杨真说："按照中国和挪威的协议，中国警方有权利保护中国在这里投资建设的科考站。你应该知道，聚众冲击国家重要科研基地、破坏科研设施是什么行为。李宵，你为什么和他们在一起，到底想干什么？"

"我要干什么，别人不懂，你也不懂？"李宵提高嗓门。

杨真摇摇头，没有说话。

李宵站起来，大声吼道："杨真，你知道你结婚时，我为什么没有任何表示吗？我说过，你嫁给我，我会珍惜；你嫁给别人，我会祝福。但是，你嫁什么男人不好，为什么要嫁给一个科研魔鬼？那个男人是研究机器人的，他越成功，社会上失业的人就越多！"

"你的意思是，每个人都成为苦力，你才开心？"

"杨真，你不能只看表面现象。论思想境界，我远远高于你们这样的官僚。"

杨真笑道："也许我的思想境界真没有你的高，但是我起码能做到自食其力。李宵，你在国外留学，应该是花李局长的血汗钱吧？这么大的男人，连自己的卧室都不打扫，还想打扫世界呢？"

李宵嘶吼道："每个人都有自己的活法，不用你操心！"

杨真却平静地说："李宵，从小你就是师母的傲娇，是家长眼中的别人家孩子。师母倾尽自己所有，把你送到国外读书，就是为了看到你现在的样子吗？当然，我没有权利改变你的想法，但是，我不希望你与中国为敌。”

“是你们与世界为敌好吗？”

杨真厉声喝道：“这里的一切，都是中国人民的财富。你敢动这里一砖一瓦，就是与中国为敌！”

李宵冷笑一声：“时间能证明我们谁是谁非！”他知道，在这里，杨真并没有逮捕他的执法权，得意扬扬地向门口走去。

警察局局长带领两个警察、一个检察官，出现在门口。

检察官向李宵出示了逮捕证后，警察给他戴上手铐，押上警车。

杨真目送警车离去，眼含着泪，摇摇头，走进办公室。

王鹏翔把那个白人姑娘带到杨真的办公室，向杨真介绍。

白人姑娘是俄罗斯人，名字叫阿婕莉娜。她以前是体操运动员，曾获得奥运会平衡木铜牌。他们早就认识，现在她是他的女朋友。

为了调查“ER 战斗团”，王鹏翔安排阿婕莉娜加入“ER 战斗团”，并成为宣传骨干。

事实上，成为“ER 战斗团”骨干，是要经过严格审查的。但是，他们看中阿婕莉娜的美貌、网红和奥运会平衡木季军的身份，计划用她的美貌吸引男孩，用她的 600 万粉丝，扩大“ER 战斗团”的影响力。

阿婕莉娜作为“ER 战斗团”骨干，会经常参加一些秘密会议，把他们赤裸裸地谋取私利的计划，偷偷地录制下来。

杨真命令阿婕莉娜，和李千雪、嘉娜组成宣传团队，向各国网民揭露“ER 战斗团”的真实目的。

阿婕莉娜将她秘密录制的视频传到网络上，让网民看清“ER 战斗团”成员的丑恶嘴脸。

远在欧洲的“ER 战斗团”总部的阿德里安看到阿婕莉娜公布的视频，意识到“ER 战斗团”将要一落千丈，顿时恼羞成怒，责令挪威分团团长、法国人穆勒带人烧毁苍穹科考站。

阿德里安知道，如果“ER 战斗团”成员乘船或者乘坐飞机到达斯瓦尔巴群岛，要通过严格的安检，他们就无法携带燃烧瓶。于是，他花高价租用了哥伦比亚贩毒集团自制的潜艇。

那艘自制的潜艇，排水量高达 15000 吨，有一定静音功能，贩毒集团用它往各国运送毒品。

贩毒分子刚把一批毒品送到挪威境内，自然不会放过这个毫无危险的肥差。

穆勒带领几十个“ER 战斗团”成员，携带大量燃烧瓶，乘坐潜艇来到斯瓦尔巴群岛。居住在岛上的“ER 战斗团”成员驾车把他们送到苍穹科考站附近。

穆勒把“ER 战斗团”成员分成几个小组，带上燃烧瓶，从四面包围苍穹科考站。

挪威警方获得情报，立即通报给杨真。

杨真指挥专家，放出 8 架无人机，密切监视苍穹科考站周边的情况。

张语桐把少年们分成 4 组，在苍穹科考站四周墙上装上高清摄像头，拍摄“ER 战斗团”的恐怖活动，实时上传网络。

王鹏翔带领安保人员，分别守住四周围墙，防止“ER 战斗团”成员爬墙而入。

杨真在无人机传回的视频中，看到“ER 战斗团”成员驾车从四面飞驶过来，便用英语警告。不料那些人根本不把她的警告放在眼里，依然径直往前冲。

警告无效，无人机射出超微型导弹，分别击中那些车的轮胎。

那些人好像受法师驱使的僵尸一般，拿着燃烧瓶依旧往前冲，眼看就要冲到苍穹科考站的围墙前。

王鹏翔和安保人员鸣枪示警，吓得几十个“ER 战斗团”成员趴在地上一动不动。

过了一会儿，他们发现王鹏翔和安保人员并不想击毙他们，顿时有了勇气，纷纷起身冲到围墙下，点燃燃烧瓶。

王鹏翔跪在屋顶上，像飞碟射击运动员一样，准确击中 3 个燃烧瓶。3 个燃烧瓶落到科考站院外，熊熊燃烧，成为阻止“ER 战斗团”成员前进的火墙。

又有一群“ER战斗团”成员扑上来投掷燃烧瓶，同样被王鹏翔一一击碎。

见苍穹科考站防御如此严密，穆勒观察一下情况，然后令人匍匐前进，一直爬到墙根，一起起身投掷燃烧瓶。

十几个燃烧瓶飞进苍穹科考站，被王鹏翔击碎3个，其他的落在院内地上，或撞碎在墙上。

科学家启动院内的十几个防火机器人，瞬间把火扑灭。

穆勒高喊：“他们不敢开枪，冲啊！”他又带领大批“ER战斗团”成员冲过来。

杨真扣住扳机的手指不停地抖动，在心里暗暗告诫自己：“不到万不得已，绝对不能开枪！”

“ER战斗团”成员已经冲到科考站门口，有的砸门，有的爬墙。

就在王鹏翔和杨真准备冲出去，与“ER战斗团”成员徒手搏斗时，一群北极熊突然跑过来。它们如同被魔法师驱使一般，有序且不乱。

“ER战斗团”成员见到他们口口声声要保护的北极熊，却吓得瑟瑟发抖。穆勒似乎忘记了自己的指挥任务，抱头逃窜。

其他“ER战斗团”成员不再嚣张，纷纷逃走。

那些北极熊像巡逻的卫士一般，绕着苍穹科考站的墙根巡逻，恐怕遗漏一个“ER战斗团”成员似的。

在房顶负责录像、在室内负责剪辑视频的少年们，看到憨态可掬的北极熊保护苍穹科考站，便拿着各种零食、饮料跑到门口，扔到北极熊面前。

北极熊捡起地上的零食，慢慢吃着；拿起饮料，竟然能拧开瓶盖，慢慢品味。

“我们能出去和它们玩耍吗？它们好像对我们很友好。”宋梓馨问熊伟。

熊伟说：“我看看情况。”

熊伟扒着门缝，看到领头的北极熊，竟然是他刚到黄河科考站时救治的熊宝宝小北极。

原来，熊伟刚到黄河科考站时，一次外出寻找北极熊的踪迹时，在一个遗弃的熊窝里发现了可能是被熊妈妈抛弃的小熊。小熊好像刚刚出生，几乎没有生命迹象。

北极熊妈妈一次能生育一到四个熊宝宝，由于它的奶水有限，一般会放弃一两个身体比较瘦弱的熊宝宝。这个熊宝宝可能因为瘦弱，被北极熊妈妈遗弃了。

熊伟把熊宝宝带到黄河科考站，经过精心照顾、治疗，它不但活下来，还长得很健壮。于是，他给它起名叫“小北极”。

小北极就像一个粘人的小妖精，天天跟在熊伟后面求抱抱、求抚摸，连睡觉都在一个房间里。

闲暇时，熊伟教小北极学习捕猎，野外生存能力。

一年后，即便熊伟和小北极的感情已经非常深厚了，他依然把小北极放生，让它回到属于它的世界。

三年中，熊伟见过小北极三次。它虽然长得又高又大，但每次见到熊伟，依然像乖宝宝似的求抱抱、求抚摸。

谁也没想到，已经离开黄河科考站三年的小北极，在苍穹科考站受到威胁时，竟然带领一群北极熊前来解围。

小北极看到熊伟，上前就是一个熊抱，把熊伟扑倒在地。

少年们吓了一跳，高大的熊伟，在小北极怀里，就像一个小宝宝。

他们实在没想到，小北极的动作虽然很大，但力道却很轻。它只是像原来一样，向熊伟求抱抱、求抚摸。

熊伟抚摸着小北极，问它，一群小朋友想和它的伙伴们玩耍一会儿，可不可以。

小北极似乎能听懂熊伟的话，它转身嘶鸣几声，其他的北极熊便老老实实地坐下，像一排等待检阅的士兵。

小北极指指大门。

熊伟让少年们走出大门。小北极可能担心其他北极熊会袭击少年们，一直在他们左右保护着。

少年们实在没想到，北极熊竟然还有如此乖巧、可爱的一面。他们小心翼翼地抚摸着北极熊，还把零食送给它们吃。

那些北极熊仿佛知道少年们是小北极的朋友，在他们面前撒娇卖萌，和他们嬉戏。

李千雪自然不会放过这一幕，又开始对这群北极熊进行直播。

世界各国网友，看到北极熊驱赶“ER 战斗团”成员的直播，又看到北极熊和少年们嬉戏的场景，纷纷跟帖留言：

“谁是大自然的保护者，大自然会做出正确选择的。”

“那些北极熊太可爱了，好想养一头，做自己的免费保镖。”

“‘ER 战斗团’的战斗力呢？怎么还被熊吓尿了呢？”

又是一场非常搞笑的群口相声。

北极熊和少年们足足玩耍了一个小时，小北极才带着那群北极熊，和他们一一惜别。

少年们完成了北极研学任务，准备在奥斯陆机场乘坐直飞国内的航班回国。

候机大厅内，少年们似乎有点儿兴奋，有的玩“知识海洋”，有的坐“按摩椅”，有的搀扶肖雅雯散步。

“许老师，您看，这里也能看到《未来的你》视频。”尚初宇指着旁边一块 LED 屏幕喊道。

许彦波注意到，在屏幕上，李千雪正在用英语介绍“区块链技术员”。

“加油，要让更多的人，远离那些反智反科学的群体！”

许彦波冲少年们竖起大拇指。

宋梓馨说："通过和北极熊玩耍，让我意识到，真正的保护大自然，不是人类回到原始社会和动物争抢食物，而是依靠我们的科学技术，让它们活得更好。"

远处的杨真，听到宋梓馨的声音，扭头冲她做出一个"比心"的手势。

一个穿着休闲服的白人男子出现在杨真面前，用手指指远处。

杨真认出这个人就是国际超人协会会员戴里克。

他们走到无人处。

戴里克轻声说："你能主动做她的监护人，令我佩服。聪明的孩子，远不如北极熊好抚养。"

"是你把小北极引到苍穹科考站的？"杨真问。

戴里克耸耸肩，没有说话，沉默一会儿，说："有一句话，我只能和宋梓馨的法定监护人讲。谢谢你对她的照顾和教育。我向你保证，如果她遇到危险，我会随时出现在她的身边！"说完，他转身离去。

杨真望着戴里克的背影，思考着戴里克的话："他为什么要做出如此承诺呢？"

这时，广播里传来请他们登机的声音。

少年们回到中科院，他们这一届研学班就要毕业了。

10个少年都通过了信息化考试，拿到了高中毕业证，接下来就是紧张的备考，和普通高中的学生一起参加高考。

罗佳亮回到美国参加 ACT 考试。

少年们为了欢送罗佳亮，还举办了一场茶话会。

会上，10 个少年拿出自己已经填写到 100 周岁的“人生规划表”，相互传阅。

罗佳亮希望自己像父亲一样，成为科学传播专家，进入美国科学探索中心工作，与各种反科学、反智组织做斗争。

他说：“美国进行这么多年精英教育，确实培养出一批科学精英，但也培养出大批反智反科学的人。那些人，将会让美国社会更加混乱。”

李千雪好奇地看着罗佳亮的“人生规划表”：“你准备工作到 100 岁？”

罗佳亮说：“我是参考美国著名科幻作家阿西莫夫做出来的人生规划。他说过，他希望自己死在写作过程中，头向下一垂，鼻子砸在打字机键盘上，就此告别人世。他是工作狂，不知道不工作的日子怎么过，我也是。所以，我只能为了抵制美国的反智运动奋斗终生。”

阿力赤看着张凡的“人生规划表”：“张凡，你想在获得博士学位后，进入高科技犯罪侦查局，和杨真处长做同事？你真敢想啊！”

张凡嘻嘻笑道：“是杨处长把我挽救回来的。你们想想，我智商这么高，动手能力这么强，如果不做警察，警察得有多累啊。阿力赤，你想做什么？”

阿力赤泪流满面，说他非常不想和同学分手。他从小学一年级开始，无论什么考试，都是班里第一名。他成为老师的宠儿，家长口中的别人家孩子，同学眼中的怪物。

因此，他被同学孤立了，身边没有一个朋友。在研学班，他却拥有了这么多好朋友。不知道离开这里之后，他会不会又回到原来的寂寞生活模式。

许彦波告诉他，只要他好好复习，考取双一流大学，和优秀的人在一起，他依然能获得友情，甚至爱情。落后的地方之所以落后，是那里的人接受不了别人的进步。

肖雅雯建立一个名叫“科学种子”的微信群，把 10 个少年拉到群里，便于沟通。以后谁遇到困难，希望他们还会像现在这样相互帮助。下一届研学班开班，他们还要给学弟学妹分享研学经验，帮助他们适应新的研学环境。

许彦波一直沉默，好像他接受不了生离或者死别。

少年们把目光集中到他脸上，他才深沉地说：“同学们，我像你们这样大的年纪，曾经对记者说过很多大话，如勇夺诺贝尔奖之类。现在，我的同龄人，已经没有人能记得我说过的那些话，但是我永远记得，因为那是我对社会的承诺。我想做很多事、很大的事、普通人做不了的事。因为我知道，你们能帮助我，对不对？”

肖雅雯搂着许彦波的肩膀，他再也忍不住，哭出声来。

少年们纷纷为他鼓掌。

许彦波擦去眼泪，继续说道：“我一生中最大的成功，就是和你们到各地研学一年。你们不是第一代中国科学家，但你们是第一代中国科学人！”

科学少年三部曲·第 2 部　完

注释一：“极速”案件的故事，详见“临界系列”第一集《飞驰的灵魂》。

注释二：这些故事详见《人形武器》，以及“临界系列”第八集《网魔》。

注释三：曲哲和他母亲的故事，详见“临界系列”第九集《逃逸死亡》。

注释四：巴林杰陨石坑，位于美国亚利桑那州，形成年份和爆炸当量均与中国辽宁岫岩陨石坑接近。

注释五：神使和苗爱玲的故事，请参见“临界系列”第五集《神使》。